eric seger

zug der lemminge

© 2019 Eric Seger

Autor: Eric Seger
Umschlaggestaltung, Illustration: Olivia Seger

Verlag: tredition GmbH, Halenreie 40 – 44,
22359 Hamburg
ISBN Paperback: 978-3-7497-2048-4
ISBN Hardcover: 978-3-7497-2049-1
ISBN e-Book: 978-3-7497-2050-7

Dort, wo Italien sprichwörtlich am Ende war, dort an der äusseren Spitze von Sizilien lag ein kleines, altes Städtchen, eingebettet in eine pittoreske Landschaft sizilianischer Gegenwart. Auf der einen Seite die Häuser, verschachtelt und dicht an dicht mühevoll dem Berg abgerungen an den Felshang gekrallt, auf der anderen dem Meer ausgesetzt die offene Kulisse zur zerklüfteten Küste am Mittelmeer. Unter extremen Bedingungen geformt, hätte es dem Besucherauge eine unglaubliche Vielfalt an Gegensätzlichem geboten, wenn es den Besucher gegeben hätte. Nur, Besucher gab es keine, in einem Städtchen, das ausser Landschaft nichts zu bieten hatte. Sicher, es beherbergte ein Hotel, ein paar Kneipen und ein Kino, abgesehen von dem Schlachthof und dem Friedhof. Andere Sehenswürdigkeiten gab es nicht. Kein Museum, keine Statuen, keine Piazza Grande, jedenfalls keine vergleichbare mit anderen italienischen Städten, weder einen Tivolipark, noch einen sehenswerten Strand. Und doch empfanden es die Einwohner als den schönsten Flecken existierender sizilianischer Erde.

Die Heimsuchung des Zweiten Weltkrieges geradeso ein gutes Jahrzehnt überstanden, befand sich das Städtchen noch in dem lethargischen Dämmerzustand, den alle Dörfer und

Städte sich zu Eigen machten, die mit heiler Haut davongekommen waren. Man hatte da und dort mit Aufräumungsarbeiten begonnen, sich aber der enormen Arbeit wegen, eines Besseren belehrt und das angefangene Werk der Jugend überlassen, um es zu vollenden. An den herumstehenden Ruinen halb verfallener Häuser gemessen, klappte die Kommunikation zwischen der Jugend und den Verursachern keineswegs und so blieb der Schutt nach alter italienischer Tradition liegen oder stehen, wo er sich gerade befand. Irgendwann würde irgendwer das Ganze einem Imperator zuschreiben und die Architektur dem Römischen Reich andichten.

Obwohl es Frühling war, die von den Einwohnern als beliebteste Jahreszeit gerühmt, nicht zu heiss und nicht zu kalt und die Natur in voller Blütenpracht stand, pfiff über die Mole ein eisiger Wind und trieb die schaumgekrönten Wellen des Mittelmeeres mit Vehemenz an die Kaimauer. Achtlos weggeworfenes Papier wirbelte durch die Luft und verfing sich an porösem Mauerwerk. Lichtleitungen schaukelten an den Masten wie ausgeblasene Luftschlangen an Sylvester und liessen die marode Stromversorgung zeitweise ganz zusammenbrechen, was einen vorbeifahrenden

Kapitän eines Frachtkahns zu der Bezeichnung veranlasste, das Städtchen sehe aus wie eine blinkende Leuchtreklame.

Dazwischen fiel leichter Regen, vermischt mit stinkendem Rauch von unzähligen Kohlenfeuern, der aus halbverfallenen Schornsteinen aufstieg, vom Wind sogleich an der Austrittsöffnung erfasst, zerteilt, gedrückt, um dann kopulierend mit den Wassertropfen des Regens, aufgelöst, in alle Ecken zerstreut zu werden. Dieser wetterbedingte Zustand hinterliess bei den Bewohnern des Städtchens den Eindruck, sich im hohen Norden, in der Heimat der Lemminge zu befinden.

Um diese Jahreszeit lagen smaragdfarbene Lichter, von dunklen Schatten begleitet, über dem Meer. Am windstillen, späten Nachmittag, wenn die Sonne sich mit dem Horizont vereinte und ihr rötlich schimmerndes Licht auf eine dunkle, ölige Masse warf, am Himmel sich die ersten Sterne zeigten, das war der Moment, in dem sich Salvatore Grimaldi, Zeit seines Lebens ein *Tonnaroti*, ein Thunfischfänger von Beruf, über seine Arbeit wirklich freute. Der Fisch brachte der ganzen Insel Brot, Arbeit und Hoffnung, ein bisschen Freude und nicht wenig Schmerzen, genauso wie das Leben.

Über den Winter hatten sie die Boote bereitgestellt, Netz um Netz geflickt, zusammengelegt, sortiert und aufeinander getürmt. Jetzt waren die Fischer von Lavana bereit für diesen entscheidenden Tag im Jahr, wenn der grosse Fisch vom Norden in die warmen Gefilde zum Laichen kam. Mit dem Gesicht des Meeres, das einem Mann zu Eigen war, der den Stolz und die Tradition von vielen *Tonnarotis* aufrechterhielt, beendete Salvatore seine Arbeit am Hafen.

Er zog fröstelnd seinen Hals tief in den Mantelkragen, als er über die, nicht erwähnenswerte, Piazza Communale, einen mit Pflastersteinen besetzten, schäbigen Rundplatz, ging. Häuserzeile um Häuserzeile reihte sich um den Platz, um sich am Ende, gemessen an den prekären, wirtschaftlichen Verhältnissen der kleinen Stadt, an einer geradezu pompös ausladenden Treppe, als Aufgang zu einer alles überragenden, barocken Kirche, zu verlieren.

An einer grauen, sich vom Verputz trennenden Mauer blieb Salvatore kurz stehen, schielte mit halb zugekniffenem Auge auf eine überdimensionale Todesanzeige, die neben vielen, teils heruntergerissenen Anzeigen hing, da deren Ecken mit zu wenig Leim an die Mauer geklebt worden waren, wodurch sie, wie kleine Fähnchen im Wind flatternd, das Geräusch eines durchhängenden Segels von sich gaben. Um seine Füsse strich eine hungernde, streunende, im Fell leicht zerfledderte Katze, mit hochgestelltem Schwanz, die versuchte, durch intensives Miauen Aufmerksamkeit zu erregen. Erschrocken stiess Salvatore sie mit dem Schuh auf die Seite und knurrte Unverständliches in den hochgezogenen Mantelkragen. Der Ton seiner Stimme veranlasste das Tier, mit gesträubtem Nackenhaar um die nächste Ecke zu verschwinden. Salvatore fehlte das Einfühlungsvermögen für Haustiere, er betrachtete sie als nutzlos, deren Zweck allein darin bestand, seine Besitzer mit überzogenem Fressverhalten zu belästigen. Der Name auf der Todesanzeige veranlasste Salvatore mit der rechten Hand drei Kreuze auf seine Stirn zu schlagen und mit der linken, die auf seinem Rücken lag, den Mittelfinger mit dem Zeigefinger zu kreuzen, ein Aberglaube auf der Insel, mit dem man den Tod von einer Person, solange als möglich fernzuhalten versuchte. Andere behaupteten, der Zweck dieser Übung liege darin, den Tod jedem zu gönnen, nur nicht sich selbst. Nachdem er sich mit dem Gedanken über das Sterben und den Tod an sich, seiner Meinung nach, lange genug befasst hatte, überquerte Salvatore den Platz. Dabei stiess er beinahe mit der Alten, von allen als bösartig bezeichneten, Donna Luisa zusammen, die sich hinter einem vorgehaltenen Regenschirm versteckte und gegen den Wind ankämpfte, der an dem Schirm zerrte. Das schwarze Segeltuch wurde von der Seite erfasst, hoch aufgestellt, dann wieder in Falten gelegt und ihr dabei fast aus den Händen gerissen. Zwei Augenpaare… Verzeihung… drei Augen, Salvatore besass ja seit seinem Unfall, als ihm ein Schekel das linke Auge ausriss, nur noch deren eins. Drei Augen richteten sich also aufeinander und flammten kurzzeitig böse flackernd auf, bevor sie sich aneinander vorbeidrückten, nicht ohne, sich im Stillen zu beschimpfen.

Begleitet durch das Spektakel, das von innen an sein Ohr drang, betrat er das Lokal und sah sich nach einem freien Platz um. Er fand ihn an der Theke, hinter der ein feister Wirt mit finsterem Blick seiner Arbeit nachging. Salvatore kannte diese Kaschemme seit Kindesbeinen, wusste, wer sich in dem Lokal aufhielt und zu welcher Zeit. Er brauchte sich nicht einmal umzudrehen, um festzustellen, dass Mario am hinteren Ecktisch sass und trübsinnig in sein leeres Glas starrte. Seine Konkurrenz, Fischhändler Carmine Levante, der ihm gegenüber sass, das Weinglas in seinen dicken Fingern drehte und jede volle Minute seine popelige Nase, aus der büschelweise Haare hingen, an den Glasrand brachte, um kennerisch - vielleicht war es auch nur Angeberei - am Wein zu riechen. Um dann jeden, der sich in seiner Nähe aufhielt mit Vorträgen über Weinanbau und Weinkultur zu beglücken. Salvatore fand, er sollte sich lieber um die Fische kümmern, die in seiner „Fabbrica del Pesce" verarbeitet wurden. Was da so in die Dosen wanderte, würde er nicht einmal der Katze vorsetzen, die ihm vorher um die Beine gestrichen war.

Mit seinen rauen, von der harten Arbeit an Tauen und Netzen, gegerbten Fingern fuhr Salvatore sich durch den Rest des frühergrauten Haares und streifte mit dieser Bewegung zugleich auch seine Wollmütze vom Kopf. Eine Geste, die zur lieben Gewohnheit geworden war und die ihm Zeit liess, den rauchgeschwängerten Raum zu überblicken, um nach einem Gesprächspartner Ausschau zu halten. Der Gemüsehändler Pepino Cappoli, kurz Pipo genannt, wurde auserkoren, sich mit seiner Gegenwart auseinandersetzen zu dürfen. Salvatores kaputtes Auge, begann zu tränen, als er sich zu Pipo an den Tisch bemühte. Manchmal juckte es auch wie verrückt und er versuchte es, mit seinem knorrigen Finger, durch sanftes Reiben zu beruhigen, was nicht immer gelang. Im Gegenteil durch die reibeisenartige Haut seines Fingers begann es erst recht zu jucken und er überlegte sich dann jedes Mal, ob er dieses verdammte, nutzlose Ding, das polypenähnlich in der Augenhöhle lag, nicht mit einem Messer aus seinem Standort kratzen und den Fischen vorwerfen sollte.

Pipo machte sich nicht einmal die Mühe, aus dem abgegriffenen, speckig anzusehenden Journal hochzusehen, in das er anscheinend so vertieft war, als sich Salvatore zu ihm hinsetzte. Ein kurzes, in stakkatoartigem, sizilianischem Dialekt Gesprochenes:

„Was gibt's Neues?", liess Pipo verträumt aus dem Papier hochblicken, um danach genauso tief wieder darin zu versinken. Nur ein leichtes Wiegen seines grossen, quadratartigen Schädels und ein tiefes Brummen aus der Kehle deuteten darauf hin, dass er die Frage wahrgenommen hatte und nicht daran dachte, in den nächsten Minuten darauf zu antworten. Salvatore war daran gewöhnt und liess sich von solchen Launen seines Tischnachbarn nicht aus der, allseits bekannten, sprichwörtlichen Ruhe bringen. Er sass an den Tisch gelehnt, wie angewachsen, geradeso, als würde er auf ein Ereignis warten, das niemals eintreten würde. Eine Rauchschwade bewegte sich an seiner Nase vorbei und animierte ihn, sich selber einen Glimmstängel in den leicht geöffneten Mund zu stecken. Das geräuschvolle Aufflammen des Schwefels seines Streichholzes und das anschliessende in sich Zusammenziehen der Flamme, betrachtete Salvatore mit der Inbrunst eines Pyromanen. Das intakte Auge verfolgte den Weg der Flamme vom Anzünder bis zu seinen Fingern. Kurz bevor er diejenigen verbrannte, führte er das brennende Holz zum Tabak, entzündete ihn und löschte den abgebrannten Rest mit wedelnder Hand.

Der Gemüsehändler blätterte in rascher Folge in dem Journal und seufzte dabei gleichzeitig. Er tat damit seinen Unmut kund, dass Salvatore ihm den Rauch direkt unter die Nase blies, was er als Belästigung empfand und nicht ohne bösartig klingende Beschwerde über sich ergehen liess. Der dicke Wirt trat an den Tisch, scheuerte mit einem schmutzigen Tuch über die Tischplatte, verheddere sich im weissen Aschenbecher, auf dem in roten Lettern *Cinzano* stand und störte damit abermals Pipo bei seiner intensiven Lektüre, was einen weiteren, unschön anzuhörenden Ausruf zur Folge hatte.

Salvatores Wunsch nach einem Glas Rotwein ging im allgemein geführten Disput, mit

verbalen Attacken auf die jeweiligen Unzulänglichkeiten, zwischen Wirt und Gemüsehändler unter, so dass sich der Wirt anschliessend ziemlich barsch bei Salvatore nach dem
Gewünschten erkundigte. Salvatore bestellte
noch einmal seinen Rotwein, was den Wirt zu
der Bemerkung veranlasste, warum er das
nicht gleich gesagt hätte. Eine Anmerkung, die
er sich am besten verkniffen hätte, denn die
Bestellung liess sehr lange auf sich warten, da
er beim Gehen watschelte und den Weg zu der
Theke dazu missbrauchte, mit jedem seiner
Gäste einen kleinen Schwatz abzuhalten. Salvatore wurde das Gefühl nicht los, dass der
Kneipier die Arbeit nur sehr ungern verrichte-
te, unter Zwang seines unförmigen Körpers
dazu verurteilt war, die einzig mögliche Tä-
tigkeit zu verrichten, die den Bewegungsab-
lauf der tragenden Körperteile auf ein Mini-
mum reduzierte und nur sein loses Mundwerk
favorisierte, was ihm allerdings sehr entgegen
kam. Er war das personifizierte, das alleinig
seligmachende Lästermaul im ganzen Städtchen. Ausgenommen Donna Luisa, die ihm
ohne Mühe Paroli bieten konnte, aber es nicht
tat. Aus dem einzigen Umstand heraus, dass
sie das Lokal sowieso niemals betreten würde,
auch nicht am jüngsten Tag, wie sie meinte
und es somit nie zu einer Konfrontation zwi-

schen den beiden kommen konnte. Was, wenn es eines Tages doch passieren würde? Diese Angelegenheit würde als denkwürdiger Tag in die Annalen des Städtchens eingehen und mit Bestimmtheit von der Bevölkerung in den Status eines Feiertages erhoben.

Geliebt wurden sie von niemandem, geschätzt oder bewundert vielleicht, ob ihrem unerschöpflichen Vokabular. Dieser böse, unübertreffliche, von vielen als beleidigend und ehrverletzend eingestufte Wortschatz, der nie und zu keinem Zeitpunkt, zu versiegen drohte. Von einigen gehasst und zum Teufel gewünscht, von den meisten aber als Neuigkeitenerzähler geliebt. Vom Pfarrer jeden Sonntag von der Kanzel herab als schlechtes Beispiel verurteilt, liess es sich, als eine Art heimische Prominenz, denn sie waren jeden Tag mindestens einmal in irgendeiner Diskussion vertreten, als Hexe oder Lästermaul doch ordentlich leben.

Mit einem Seufzer bedankte sich Salvatore beim Gastwirt, als dieser endlich das volle Glas vor ihn hinstellte, auf das er schon eine Ewigkeit wartete. Pipo schielte mit einem Auge aus der bunten Welt des Journals hoch, beäugte den rötlichen Schimmer des Weines und bemerkte feindselig:

„Womit kannst du dir mitten am Tag ein

Glas Roten leisten?" Salvatore liess sich auf keine Konfrontation mit Pipo ein, schon gar nicht dann, wenn er vor sich kein Glas mit irgendwelchem Inhalt stehen hatte. Das hätte geheissen, einen schlafenden Löwen zu wecken. Das ganze Nest wusste darüber Bescheid. Hatte Pipo am Tag zu wenig Gemüse verkauft, so spendierte er sich auch keinen Wein und war dann den Rest des Tages ungeniessbar, ja geradezu unausstehlich. Heute schien wieder so ein Tag zu sein. Gab es etwas rumzumäkeln, Pepino Cappoli fand es heraus und weidete sich am Ungeschick Anderer, zelebrierte den Akt wie ein Jäger auf dem Hochsitz und versetzte rochierend wie ein Schachspieler den Dolchstoss, bis das Wild weidwund am Boden lag. Dann liess Pepino von ihm ab und konzentrierte sich auf das nächste Opfer, das er mit derselben Methodik zur Strecke brachte. Anscheinend interessierte Pipo das Journal aber mehr als Salvatore und dessen Rotweinglas, denn er liess augenblicklich von ihm ab und beschäftigte sich wieder mit der Welt, die ausserhalb Siziliens stattfand. Eine bunte, schöne heile Welt, mit lachenden Menschen, mit Geld im Überfluss, mit Hochzeiten, Festen und Feiern, mit Musik und Wein, mit Frauen, so schön wie es sie nur in Italien gab, vor allem in Rom.

„Rom, das wäre es", dachte Pipo laut vor sich hin. So laut, dass Salvatore beim Trinken innehielt und Pipo entgeistert anschaute.

„Hast du etwas gesagt?", fragte er gereizt. Der Lärm im Lokal hatte an Intensität zugenommen, nachdem Carmine Levante einen seiner berühmten Kneipenwitze an den Mann gebracht hatte.

„Wie? Was? Wer redet schon mit dir?", raunzte sein Gegenüber. Für Salvatore wurde es Zeit zu gehen, liess sich doch mit Pipo kein vernünftiges Gespräch führen und zu alledem noch dieser Carmine Levante, mit seinen alten, verblödeten Geschichten. Er drückte die Zigarette im Aschenbecher aus, leerte sein Glas, stand auf, verabschiedete sich von Pipo, der irgendetwas in seine Richtung knurrte und verliess das Lokal, nachdem er die abgezählten Münzen in einem Teller am Tresen hinterlegt hatte.

Eine Windböe fegte durch sein Haar, kalt und unwirklich, sodass er sich gezwungen sah, die Wollmütze aus ihrem Versteck in der Manteltasche zu holen und sie auf seinem Haupt zu platzieren. Die Gassen waren immer noch menschenleer. Kein Wunder bei dieser Kälte, was Salvatore nicht weiter störte, brauchte er somit auch keiner Unterhaltung aus dem Weg zu gehen.

Mit schiefem Gang, einer Windböe ausweichend, schritt er durch den Eingang in den Vorhof eines im Quaderbau erstellten Hauses, das beim Betrachter den Eindruck hinterliess, nur von den unzähligen, von Wohnung zu Wohnung gespannten Wäscheleinen zusammengehalten zu werden. Salvatore stieg drei Stockwerke hoch und hörte durch die Eingangstüre den Krach in seiner Wohnung. Seine Familie zankte sich wieder um irgendwelche Kleinigkeiten, deren Anlass, wie schon so oft, aus Nichtigkeiten bestand. Mit dem Ausruf:

„Was ist denn hier schon wieder los?", platzte er in die Wohnung, gerade rechtzeitig, um die beiden Kampfhähne auseinanderzutreiben.

Die Wohnung der Grimaldis bestand aus fünf Zimmern, von denen eines die unverheiratete Tante Marcelina bewohnte. Ein Ärgernis, das Salvatore seit seiner Heirat mit Teresa, seiner Frau, mit sich herumschleppte. Zuerst hiess es, nur für ein paar Monate, daraus wurden Jahre und nun begleitete ihn seine Schwester das ganze Leben. Bei jedem Kind, das neu in die Familie geboren wurde, hatte Marcelina versprochen das Zimmer zu räumen – also drei Mal. Nichts war passiert. Auf die Anfrage, was es denn nun mit ihrer Prophezeiung auf sich habe, wurde seitens der Tante an die Fairness jedes Einzelnen appelliert und von den Mitgliedern der Familie ein weiteres Jahr mit der Fragestellung zugewartet. Alle Jahre, zum Fest der *Madonna del Lume* wurde intensiv in der Familie Grimaldi zu der Heiligen gebetet, mit dem Wunsch, dass die Tante friedlich entschlafen möge, damit das Zimmer endlich von den Kindern genutzt werden konnte. Obwohl Salvatore von seiner Mutter am Sterbebett das Versprechen abgerungen worden war, auf seine ältere Schwester aufzupassen, wurde sie ihm langsam unerträglich. Gelöbnis hin oder her, die Familie Grimaldi brauchte das Zimmer, basta!

Pietro, der Jüngste und Piana, die Mittlere seiner drei Kinder lagen sich in den Haaren, als ihr Vater durch die Türe trat und ordnungshalber eingriff. Mimmo, der Älteste, arbeitete als Automechaniker in einer kleinen Autowerkstatt, trug dadurch jeden Monat seinen Teil zur Aufbesserung der Haushaltskasse bei, während Piana der Frau vom Bäcker Ceralfo beim Aufräumen der Backstube half. Das Nesthäkchen Pietro ging noch zur Schule.

Teresa kam aus dem Zimmer von Marcelina gestürzt und überraschte Salvatore mit der Nachricht über deren Tod. Darum das Gezanke der Kinder. Es ging um die Hegemonie, das freie Zimmer als Erster zu besetzen. Salvatore nahm die Nachricht emotionslos entgegen und dankte der Madonna, dass die Gebete endlich erhört worden waren. Er stellte sich unter den Türrahmen, starrte in ein dunkles Zimmer, auf die Schwester, die aufgebahrt im Bett lag, um sie herum alte Betfrauen, die leise murmelnd, zwischendurch laut aufheulend, Litaneien herunterleierten. Salvatore trat ans Bett, sah Marcelinas Gesicht, das mit geschlossenen Lidern auf ein mit venezianischen Spitzen verziertem Kissen gebettet war, suchte ihre Hand unter der Decke, fand sie und begann innerlich zu fluchen. Die Hand war weich und warm und wurde bei der Berührung augenblicklich zurückgezogen.

Er ging aus dem Raum in die Küche, stellte Teresa zur Rede, indem er ihr Vorwürfe darüber machte, dass sie immer wieder auf dieselben alten Tricks seiner Schwester hereinfallen würde. Marcelina spielte Theater.

„Nächstes Mal", sagte Salvatore bestimmt, „…nächstes Mal, holst du zuerst Dottore Cantano und lässt den Tod feststellen, bevor du mit der Zeremonie beginnst!"

„Ach, diese Schande! Ich habe doch schon den Pfarrer bestellt!", jammerte Teresa und beeilte sich, die Frauen um das Sterbebett über den neuen Sachverhalt aufzuklären.

Pietro wurde dazu auserkoren, dem Pfarrer entgegenzulaufen, um ihm die freudige Mitteilung der Auferstehung von Tante Marcelina zu überbringen. Die alten Frauen aus der Umgebung kamen murrend aus dem Zimmer und hielten in der Diele ihre, mit einem Rosenkranz umwickelten, Hände auf, darauf wartend, dass sich Salvatore grosszügig erweisen würde.

„Was wollt ihr? Meine Schwester ist nicht gestorben. Noch nicht!", unterstrich Salvatore seine Worte. „Kommt ein anderes Mal." Damit waren sie entlassen und stiegen, mit bösem Dialog an Salvatore gerichtet, laut schimpfend die Treppen hinunter.

Mimmo Grimaldi stand in der Versenkung, über ihm der Boden eines Autos und hantierte mit dem Werkzeug, als er vor seinem Blickfeld ein Paar zweifarbige Schuhe wahrnahm. Den Besitzer dieser Schuhe, der in feines Tuch gehüllt war, erkannte Mimmo aus der Tiefe seiner Grube.

„Was willst du?", fragte er rau, ohne die Arbeit zu unterbrechen.

„Das Angebot…"

„Nicht interessiert!" Die Zange fiel genau vor die Füsse des Besuchers.

„Sollte dich aber interessieren, sogar sehr." Die Schuhe hatten sich in sichere Distanz zum Werkzeug zurückgezogen.

„Drohst du mir etwa?" Mimmo konnte von schräg unten die riesige Sonnenbrille auf der Nase des Besuchers sehen.

„Drohen? Ich? Hast du schon jemals gehört, dass ich irgendwen bedroht habe? Ich unterbreite doch nur Angebote. Die Entscheidung, sie anzunehmen, oder zu lassen, steht jedem Einzelnen frei. So auch dir." Ein brennendes Streichholz fiel in die Grube, Mimmo setzte seinen Schuh darauf.

„Würdest du besser aufpassen, bevor du deinen Anzünder beseitigst? Hier hat es überall entflammbare Materialien!"

„Darauf wäre ich nie gekommen. Entschuldige! Aber da siehst du wieder, wie schnell ein Unfall geschehen und die schöne Werkstatt in Flammen aufgehen kann. Übrigens, deine Freundin, wie heisst sie doch gleich…?" Von Mimmo kam keine Antwort. „Auch egal. Ich habe sie vor zwei Tagen unten am Meer angetroffen. Sie ging spazieren. Für meine Begriffe etwas zu nah an der Kaimauer. Du musst sie darauf aufmerksam machen, dass dies viel zu gefährlich ist… was könnte da alles passieren." Er polierte die Fingernägel am Revers seines Jacketts.

„Woher kennst du Raffaela, du bist doch aus Palermo?"

„Raffaela heisst sie also."

„Lass' Raffaela aus dem Spiel, hörst du? Das ist eine Angelegenheit zwischen dir und mir!"

Mimmo kam aus dem Loch hervor und stellte sich mit einem Hammer in der Hand drohend vor den Besucher hin.

„Was regst du dich so auf? Ich wollte dir bloss einen Tipp geben, kostet nichts!" Ein schiefes Grinsen begleitete seinen Ausspruch.

„Verschwinde, ich brauche deine Ratschläge nicht!" Mimmo hob den Hammer in Schulterhöhe.

„Dein Capo, was glaubst du, wird er viel Freude daran haben, wenn die Werkstatt in Flammen aufgeht? Überschlafe das Ganze, ich schau' in ein paar Tagen wieder bei dir vorbei, du kannst mir dann die Antwort geben." Seine Schuhe klapperten wie bei Fred Astaire im Kino, als er die Garage verliess.

Mimmo schwang sich auf seine Vespa und fuhr, mit laut aufheulendem Motor, vier Querstrassen weiter zu seiner Freundin, die in einer Pasticceria an der Piazza arbeitete. Er lehnte den Roller an die Hauswand, bestieg die Stufen zum Eingang und sah durch die Glastür wie Raffaela, auf der Theke sitzend,

mit einem Jungen aus der Nachbarschaft schä-
kerte. Erschrocken nahm sie ihn zur Kenntnis,
als er mit hochrotem Kopf vor ihr stand. Eifer-
sucht war Mimmo in die Wiege gelegt, wie
jedem Mann aus Sizilien. Nun kannte er Raffaela schon zwei Jahre und war auf jedes
männliche Wesen, das sich ihr auf drei Schritte
näherte, eifersüchtig wie am ersten Tag ihrer
Bekanntschaft. Raffaela gab ein Zeichen des
Unmuts von sich, als Mimmo vor ihr stand,
den Kopf kampfbereit entgegenstreckte und
eine Erklärung für ihr Verhalten erwartete.

„Pf…", sagte sie und rutschte mit dem Hin-
tern von der Theke. Mimmo beharrte auf eine
Antwort, drängte sie, sich mit ihm zu befas-
sen.

„Was willst du? Ich muss mich mit den
Gästen unterhalten, auch wenn es dir nicht
passt!", schmollte Raffaela.

„Nicht auf diese Art!"

„Wer sagt das?" Sie tat sehr beschäftigt.
Plötzlich, hatte sie jede Menge Arbeit zu verrichten. Mimmo meinte bloss:

„Ich!"

„Warum bist du überhaupt hier? Mitten am
Nachmittag."

„Sehen wir uns heute Abend?"

„Vielleicht…, mal sehen. Unter der Voraus-
setzung, dass du bessere Laune hast."

Salvatore sass am Küchentisch, neben ihm seine Schwester Marcelina, die das Trauerspiel beendet hatte und Hunger bekundete. Sie bemängelte den Zustand der Blumen, die ihrer Meinung nach zu wenig gegossen wurden. Dazwischen stopfte sie grosse Brocken Brot und Käse in sich hinein. Teresa meinte lakonisch, dass ihr dazu die Zeit fehle, dass sie mit den zusätzlichen Arbeiten, die ihr seitens der Schwägerin aufgebürdet wurden, vollauf beschäftigt wäre.

Ein Brief, den Salvatore in den Händen hielt, liess die Frauen aufmerksam werden. Marcelina meinte, nachdem sie den letzten Bissen, mit einem monströsen Laut von sich gebend, hinuntergeschlungen hatte, auf was er denn noch warte, bis er endlich den Brief öffnen würde. Nur das Interesse an dem Brief aus Amerika hatte sie dazu bewogen, ihre Sterbeaktion abzubrechen. Gleichzeitig mit dem Auftauchen von Mimmo unter der Eingangstüre, riss Salvatore an der Klebestelle des Briefes und zog ein Stück mehrfach zusammengefaltetes, dünnes Papier aus dem Umschlag. Marcelina drängte mit der Frage:

„Was will er? Erkundigt er sich nach mir?" Salvatore gab den Brief, verbunden mit der Aufforderung, ihn vorzulesen, an Mimmo weiter. Durch das eine Auge beim Lesen behindert, war Salvatore froh über Mimmos Eintreffen, konnte er somit die Zeilen seines Bruders, die er im fernen Amerika an ihn gerichtet hatte, besser verstehen. Sein jüngerer Bruder Angelo, der vor dem Krieg nach New York ausgewandert und durch kleine Brötchen backen zu einem grossen Vermögen gekommen war, hatte den Brief in seine alte Heimat gesandt.

„Er kommt zu Besuch!", sagte Mimmo, nachdem er die Zeilen überflogen hatte. „Nächste Woche…, mit der ganzen Familie."

„Was schreibt er von mir?", wollte Marcelina wissen.

„Nichts, Tante Marcelina. Er lässt alle grüssen und freut sich auf ein Wiedersehen mit der Familie." Mimmo faltete den Brief zusammen und legte ihn auf die Anrichte, die, mit Bildern und Figuren von Heiligen überbordet, im Raume stand.

„Angelo kommt mit Frau und Kindern! Wo sollen wir die bloss alle unterbringen?" Teresa rätselte über den Umstand, wie sie die vielen Menschen auf die Zimmer verteilen konnte, ohne vorhersehbare Konflikte auszulösen.

„Sie können unser Schlafzimmer haben. Nächste Woche kommt der Fisch." Salvatore beantwortete damit die bange Frage seiner Frau.

„Und, wo soll ich dann schlafen?"

„Bei Marcelina…, das Zimmer reicht für beide." Die Bestürzung in den beiden Gesichtern, hätte bei einem plötzlichen Ausbruch des Vesuvio nicht grösser sein können. Keine der Zwei getraute sich, ihre Gefühle öffentlich mitzuteilen, trotzdem wusste jeder im Raum, dass Salvatore soeben ein Verdikt ausgesprochen hatte, dessen Tragweite sich auf das Familienleben katastrophal auswirken würde. Die angespannte Lage wurde durch die Äusserungen von Mimmo, dass er sich noch mit seiner Freundin treffen werde, der Explosionsgefahr enthoben, trotzdem wurde Augenkontakt zwischen den Erwachsenen tunlichst vermieden. Teresa suchte sich Arbeit in der Küche, während Marcelina Müdigkeit vortäuschte und ihr Zimmer aufsuchte. Salvatore bemerkte eine bleierne Schwere, die sich im Raum ausbreitete, dachte an die Aufeinanderfolge von Konsequenzen, die sich in der Familie zwangsläufig breit machen würden und träumte von einer heilen Welt, wie er sie im Journal von Pipo gesehen hatte.

Mimmo wartete, an einen Stützpfeiler gelehnt, unter der alten Eisenbahnbrücke, deren Gleise das Städtchen mit Palermo verband, auf Raffaela. Er bewarf mit kleinen Steinen ein imaginäres Ziel, das er im Rinnsal des Baches, der unter der Brücke, nach Fäulnis riechend, seinen Weg ins Meer suchte, anvisiert hatte. Die Zeit mit Raffaela floss ebenso träge wie das Gewässer, das er mit Kieselsteinen bewarf. Ihr Interesse an ihm, schien zu schwinden. Jedenfalls benahm sie sich in seinen Augen so. Er würde sie bei ihrem Erscheinen zur Rede stellen, ihr ultimativ mitteilen, an wessen Adresse sie sich zu richten hatte. Sich auf keine Kompromisse einlassen und dabei seine Ziele und Ideale bis zum Äussersten verteidigen. Solche Gemeinheiten wie heute Nachmittag würde er niemals mehr dulden, auch keine Ausreden mehr akzeptieren, in denen er sich zum Hampelmann gestempelt vorkam. Er würde…

„Hallo Raffaela, na endlich! Ich warte schon eine Ewigkeit auf dich!" Heftig aus seinen Gedanken gerissen, überraschte ihn Raffaela mit der Bemerkung:

„Wir müssen miteinander reden."

„Das denke ich auch!"

„Warum? Ich habe dir doch noch gar nichts gesagt. Wer hat mich verraten?" Raffaela schien überrascht über Mimmos Gedanken.

„Von was redest du? Ich war heute Nachmittag zugegen, als du deinen Auftritt hattest und mich vor den Gästen lächerlich gemacht hast."

„Ach was, das ist jetzt nicht mehr wichtig. Ich habe andere Sorgen, als mir über deine Eifersüchteleien Gedanken zu machen."

„Nicht wichtig?! Was soll das heissen, nicht wichtig? Ich versuche dir gerade klarzumachen, dass du so mit mir nicht umspringen kannst und du sagst es ist nicht wichtig!" Mimmo hatte sich in Rage geredet und schmiss mit wilder Gestik eine Handvoll Kieselsteine scharf an ihrem Kopf vorbei in den Bach. Dann packte er Raffaela an den Armen und schüttelte ihren Körper wild hin und her.

„Ich bin schwanger!", schrie sie in Mimmos Gesicht. Dieser brauchte etliche Sekunden, bis er das Gesagte in sich aufnahm, verarbeitete, um dann augenblicklich von ihr abzulassen. Raffaela standen die Tränen in den Augen, während Mimmo sich umdrehte und ihr den Rücken zudrehte. Was war passiert? In Mimmo begann die Hirnmasse zu rotieren. Er versuchte, Herr der Lage zu werden, wurde aber immer wieder durch das Wort *schwanger* in seinen Gedankengängen unterbrochen. Über ihren Köpfen donnerte der Abendzug aus Palermo zum nahegelegenen Bahnhof. Eine Unterhaltung wurde damit verunmöglicht und gab den beiden den nötigen Aufschub, um ihre Gedanken und Worte und deren Reihenfolge zu ordnen. Nachdem das letzte Räderpaar des Zuges über die Gleise gerattert war, reagierten beide auf ein imaginäres Zeichen und begannen, gleichzeitig zu sprechen.

„Was passiert nun…?"

„Was sollen wir tun…?" Sie stockten und jeder schaute betroffen auf den Anderen.

„Du zuerst", meinte Mimmo.

„Nein du…" Sie trocknete die letzte Träne mit dem Saum ihres Kleides.

„Lass' uns überlegen… wir müssen die Eltern verständigen, eine Wohnung suchen und dann heiraten. Das ist üblicherweise der normale Vorgang… aber wir haben weder Geld für eine Bleibe, noch, um zu heiraten. Was nun?" Mimmo setzte sich auf den Betonsockel der Brücke und stütze sein Haupt mit beiden Händen. Raffaela stand immer noch an der gleichen Stelle und schaute bestürzt über die Aussicht, unter diesen Umständen ein Kind auf die Welt zu bringen, in das mit Unrat gespickte, träge dahinfliessende Wasser.

Der Zug, der Mimmo und Rafaella mit seinem Krach auf der Brücke an der Unterhaltung gestört hatte, hielt mit kreischenden Bremsen am Bahnhof. Die Abteile leerten sich in dem Umfang, wie sich der Bahnsteig füllte. Bürgermeister Cosmo hatte gerade eine alptraumähnliche Fahrt hinter sich. Er kam aus Palermo von einer Sitzung seiner Partei. Mit weichen Knien stieg er aus seinem Abteil und liess die vergangene Fahrt vor dem geistigen Auge Revue passieren. Er, Cosmo, sass also im Abteil und sog genüsslich an seiner Zigarre. Die Gedanken verweilten bei der vorangegangenen Konferenz und in seiner Fantasie überlegte er sich die Worte, mit denen die Parteifreunde überzeugt werden konnten. Kleine Nuancen in der Ausführung ergaben leicht andere Aspekte und die wiederum erwirtschafteten Vorteile für ihn. Dass eine kleine, rundliche Frau an einem Aussenbahnhof zustieg, nahm Cosmo erst wahr, als sie schon im Abteil stand. Cosmo kannte diese Frau, nur woher, das fiel ihm nicht sofort ein. Erst, als sie ihn aufs Unangenehmste zu beschimpfen begann, wusste er augenblicklich, es konnte sich nur um Donna Luisa handeln. Tiraden von Schimpfworten drangen an seine Ohren, hinterliessen Spuren in einer gekränkten Seele und traumatisierten ihn für eine Gegenwehr. In seinem Amt als Bürgermeister war er vieles an Kränkungen, Erniedrigungen und Schmach gewohnt, konnte sich auch, je nachdem, dagegen wappnen, aber mit diesem Tanz, den die Alte aufführte, war er schlichtweg überfordert. Der Krieg entzündete sich an der Zigarre von

Cosmo, die das Nichtraucherabteil mit Rauch füllte und die Nase der zugestiegenen Person aufs Äusserste beleidigte. Der Disput begann mit verbalen Attacken über Unzulänglichkeiten in seinem Amt, bis hin zu groben Beleidigungen, die von Donna Luisa an Cosmos Haupt geschleudert wurden. Er versuchte sie, mit Ruhe und Einfühlungsvermögen, von ihren festgefahrenen Begründungen abzubringen, ihr die Vorteile der oder jener Amtshandlung zu erklären, um am Schluss der Debatte, am Ende seiner Kräfte, sämtliche Heiligen um Beistand anzurufen. Seine Argumentationen zerbrachen an einer Wand von Hass und Misstrauen, sodass er sich genötigt fühlte, die Alte mit denselben Waffen zu konfrontieren, die sie bei ihm anwandte. Eine Beleidigung prallte auf die nächste und Cosmo glaubte, nach dem letzten Tunnel vor der Eisenbahnbrücke, die in den Bahnhof führte, den Knauf des Schirmes, den Donna Luisa bei sich trug, auf seinem Kopf verspürt zu haben, was das Fass endgültig zum Überlaufen brachte. Als der Zug wenige Minuten später in den Bahnhof von Lavana einfuhr, war Cosmo in eine Rangelei mit der Frau verwickelt und die beiden Kampfhähne wurden nur durch das scharfe Bremsen des Zuges, das ihnen den Boden unter den Füssen wegriss, voneinander getrennt. Leicht taumelnd verliess Donna Luisa das Abteil. Cosmo griff völlig konsterniert nach seiner Ledermappe und entstieg dem Wagon. Auf dem Bahnsteig schaute er sich nach seiner Kontrahentin um und fasste den Entschluss, die Sache nicht weiter zu verfolgen, obwohl sich an seinem Hinterkopf eine kleine Schwellung bemerkbar machte. Sein Tag in Palermo war sehr erfolgreich verlaufen. Er hatte sämtliche vorgefassten Ziele unter Dach und Fach gebracht, wieso sollte er sich jetzt den Abend von einer Irren vermiesen lassen. Kopfschüttelnd nahm er den Nachhauseweg unter seine Füsse.

Carmine Levante liess die Zeilen aus dem Brief, der am Abend auf dem Tisch gelegen hatte, an ihn adressiert aber unfrankiert, auf sich einwirken. Jemand trachtete nach seinem Leben, das ging eindeutig aus dem Inhalt des Briefes hervor, falls - und das war der springende Punkt - falls er nicht bereit war Schutzgeld zu bezahlen. Dies hatte er sofort gewusst, auch wenn im Brief kein Wort darüber stand, wer dieses provokante Anliegen an ihn stellte. Sein Grossvater hatte die Fischfabrik aufgebaut, sein Vater hatte sie, verbunden mit der Auflage zu erweitern, ihm als Erbe übergeben und nun fanden ein paar Nichtsnutze, er,

Carmine Levante, sollte ihnen einen Teil aus dem Erlös des Fischgeschäfts, der diesem Pack in keiner Weise zustand, abtreten. Natürlich nahm er diese Drohung ernst, natürlich würde er entsprechende Konsequenzen daraus ziehen, aber einschüchtern liess sich ein Levante niemals, weder von der Mafia noch von der Malaria, mit der er seit Jahren den grössten Kampf ausfocht. Diese Fehde ging nicht um Fischrechte, wie sie sein Grossvater zu seiner Zeit noch ausgetragen hatte, nicht um höhere Marktpreise wie bei seinem Vater, hier ging es schlicht nur um ein Leben – sein Leben.

Die Abrechnung würde ein Pakt mit dem Teufel sein, nach sizilianischem Recht zur Ehrensache zwischen zwei Familien werden. Dass bei positivem Abschluss eine grosszügige Spende für die Kirche abfallen würde, davon war Carmine Levante überzeugt.

Er goss sich das Weinglas zum dritten Mal voll, hielt es an die Decke und sprach einen konspirativen Satz, liess Geheimnisse auferstehen, wie ein Palimpsest, wo sich unter der zuletzt geschriebenen Aufschrift die vorher getilgten Schriften befanden. Carmine Levante hatte sich für das *sizilianische Leben* entschieden. Der Geschmack des Tragischen hing dramatisch in jeder seiner Lebensfaser, aus Angst vor dem inneren Tod, wählte er die Todesgefahr. Ein kleineres Spiel wäre blass, ohne Fieber und einem Sizilianer suspekt. Eine irreale Optik, nichts war fest oder gar greifbar. Nur die Angst blieb real.

Unruhig pirschte er sich an das Fenster, um genau in dem Moment zwei Kerle über die Fabrikmauer, die das Gelände umgab, verschwinden zu sehen. Der Krieg hatte begonnen. Ein Krieg in dem der Gegner unabänderlich feststand und der Verlierer im Nachhinein nicht wusste, welche Rolle er gespielt hatte. Seine Wut hatte einen Namen, aufschäumend und antreibend. Er stürzte zur Tür, bewaffnet mit der doppelläufigen Schrotflinte, mit der er einen Tag in der Woche auf Vogeljagd ging, riss am Türknauf und erblickte einen geköpften Falken, der mit angespiesstem Drohbrief an den Flügeln ans Holz genagelt worden war. Seine Gegner hatten soeben die Kriegserklärung an die Tür geheftet. Carmine hatte verstanden.

Nacht senkte sich über Lavana. Die Piazza Communale, das steinerne Herz, wie hier der Dorfplatz genannt wurde, war durch den eisigen Wind, der den ganzen Tag durch die Gassen geweht hatte, bis in die hinterste Ecke leergefegt. Eine kleine Glocke, hoch oben am Kirchturm, schlug mit verzerrtem, metallenem

Klang, die letzte Stunde des Tages an. Jasmin-
duft lag in der Luft, schwer und süsslich. Ein
sicheres Zeichen für den Schirokko, der in der
nächsten Zeit über das Meer aus Afrika her-
überbrausen und die Hitze, die ihm zwangsläufig folgte, noch unerträglicher werden lassen würde. Im Schlafzimmer von Salvatore
Grimaldi brannte noch Licht. Der Disput mit
seiner Frau Teresa über das leidige Thema
Marcelina hatte sich endlos lange hingezogen
und endete damit, dass sich sein Darm
schmerzhaft zusammenzog und er das Klosett
am Ende des Flures aufsuchen musste.

Mit einem Bündel aus zerrissenem Zei-
tungspapier, das sich Salvatore unter den Arm
geklemmt hatte, schlurfte er den langen Gang
hinunter und rüttelte an der Türklinke. Natürlich, wie immer, wenn es pressierte, blockierte
irgendjemand aus seinem Stockwerk das Klosett. Im Gemeinschaftsbadezimmer, das direkt
neben dem Häuschen lag, schien sich ein wei-
terer Mitbewohner aufzuhalten. Jedenfalls
drang Licht durch die Milchglasscheibe auf
den Flur. Salvatore lehnte sich an die Wand
und begann, die rechteckigen Schnipsel der
Zeitung zu studieren.

Hinter der Toilettentür sass Pietro Grimaldi
im Dunkeln mit heruntergelassener Hose auf
dem Deckel und schaute durch ein winziges

Loch, das er vor Monaten mit einem Schrau-benzieher gemacht hatte, der dicken Signora Casagrande beim Baden zu. Er wartete auf den Moment bis sie aus der Wanne stieg, dann hatte er sie genau im Blickfeld der kleinen Öffnung und konnte ihren Körper zur Gänze bewundern. Pietro kannte jedes Detail, durch vorangegangene Sitzungen, an ihr. Das Mut-termal an ihren grossen Brüsten, die Speckfal-ten auf dem Bauch und das leicht ergraute, haarige Dreieck zwischen den Schenkeln. Nun war es soweit. Der eine Fuss der Signora hing schon über dem Badewannenrand, als vehe-ment an die Tür geklopft und Pietro aus der Konzentration gerissen wurde. Hastig zog er die Hose hoch, öffnete die Tür und rannte an seinem Vater vorbei, den Flur entlang in die Wohnung.

„Pietro?", rief Salvatore fragend hinterher, konnte aber von seinem Jungen, der längst in der Wohnung verschwunden war, nicht mehr gehört werden. Salvatore wunderte sich, dass um diese Zeit, er musste doch in der Früh zur Schule, sein Jüngster auf dem Klo herumsass und noch dazu im Dunkeln. Kopfschüttelnd knipste er das Licht an und klappte den De-ckel hoch, er wollte ihn am Morgen danach fragen. Signora Casagrande huschte während-dessen, in einen Bademantel, in ihre Wohnung.

Mimmo kam kurze Zeit später die Treppe hoch und traf seinen Vater auf dem Flur an.

„Du warst aber lange weg", stellte Salvatore sarkastisch fest. „Hast du etwas? Oder bloss Ärger mit deiner Freundin?"

„Ist Mutter noch wach?", fragte Mimmo.

„Scheint doch was Ernstes zu sein, wenn du dich um diese Zeit nach deiner Mutter erkundigst. Komm erst mal in die Wohnung, hier draussen haben die Wände Ohren." Salvatore wusste am Tonfall in Mimmos Stimme, dass etwas vorgefallen sein musste. Teresa kam gähnend in die Küche, nachdem Salvatore sie geweckt hatte und setzte sich zu den beiden an den Tisch.

„Was ist los? Warum holst du mich mitten in der Nacht aus dem Bett? Hätte das, was du zu sagen hast, nicht bis morgen warten können? Musst du immer mit dem Kopf durch die Wand? Na los, fang schon an! Erzähl deiner Mutter, was du auf dem Herzen hast, sonst sitzen wir die ganze Nacht hier." Sie legte fröstelnd einen Schal um ihre Schultern, zog ihn über der Brust zusammen und verschränkte die Arme. Mit dieser Gebärde zeigte Teresa, dass sie zum Zuhören bereit war. Mimmo schaute zuerst in die Gesichter seiner Eltern, versuchte ihre Stimmungslage zu deuten, um gegen eventuelle Zornausbrüche bereit zu sein, bemerkte aber nur, dass sie sehr müde sein mussten und kurz vor dem Einschlafen waren. Also der ideale Zeitpunkt für sein Anliegen.

Der erste Lichtstrahl, der den Morgen ankündigte, honigfarben, dann wieder rosa, liess die Umgebung unwirklich aus dem Dunkeln wiedererstehen. Resignation lag in der Luft, als die Baronessa Lindalona durch die Einfahrt des Palazzo Villa Giacomo stapfte. Die hektische Eile, die sie an den Tag legte, deutete auf Verdruss und Kummer hin. Die Baronessa gehörte zu den letzten Adeligen, die noch in Lavana lebten. In einem halbverfallenen Palazzo fristete sie, zusammen mit ihrem Mann Don Vittorio Emanuele, ein prunkloses Leben. Von den ehemaligen sechzig Zimmern bewohnten der Baron und die Baronessa nur noch deren vier. Früher, als der Adel noch vom Glück verwöhnt worden war, der unerschöpfliche Reichtum zum Schwanken zwischen Lebenslust und Mystizismus beigetragen hatte und wie keine andere Zeitstimmung die sizilianische Seele verkörpert hatte, damals war das Leben von der Leichtigkeit des Augenblicks bestimmt gewesen. Alles, was danach kam, wurde als Unglück konsequent an den Rand des Gedächtnisses verdrängt.

„Man darf nicht immer in der Vergangenheit leben", sagte die Baronessa und es klang, als wollte sie die alten Zeiten damit auf ein Neues heraufbeschwören. Doch sie und der Baron empfingen längst keine Gäste mehr. Er, der vor langer Zeit exorbitante Feste auf Sizilien gegeben hatte, lag nun schwerkrank hinter verschlossenen Fensterläden im Bett. Seine ganze Hoffnung konzentrierte sich auf das Jenseits und dennoch erlöste ihn niemand. Im Zimmer lag der Geruch von Staub und Moder. Der Zerfall des Körpers ging im Wettlauf mit dem Zerfall des Palazzos vonstatten. Der Anblick der Fassade der Villa Giacomo, mit sechs Balkons, auf deren Simsen bärtige Engel um die Gunst von Löwenrümpfen buhlten, Säulen, die um die eigene Achse wirbelten, Eckpfeiler, die in der Auflösung begriffen, vor und zurück sprangen, erinnerte an ein Skelett mit verkrümmter Wirbelsäule.

„Man darf nicht immer in der Vergangenheit leben", wiederholte die Baronessa. „Die Welt gehört der Jugend." Sie kümmerte sich um den verbliebenen Landbesitz, bewirtschaftete Mandelbäume, liess Orangen und Zitronen wachsen, aber das, war sie der Meinung, war nichts im Vergleich mit dem, was früher einmal gewesen war. An den Erinnerungen hielt sie fest, sie waren das Einzige, was ihr niemand wegnehmen konnte und aus denen sie nicht vertrieben wurde.

Ihre Schritte wurden langsamer, verhaltener, um dann ganz zum Stillstand zu kommen. Ein Auto hielt neben ihr an. Ein Mann mit dunkler Stimme redete auf sie ein. Die Baronessa trat einen Schritt zur Seite und erkannte durch die Seitenscheibe, in der sich die Sonne spiegelte, Carmine Levante.

„Contessa…" Er nannte sie Contessa, obwohl sie sich zu dieser Bezeichnung immer wieder hingezogen fühlte, dies aber aus dem Mund von Levante, als abstossend und widerwärtig empfand. „Contessa, kann ich Sie ein Stück mitnehmen?" Ein schwarzes, mit Ornamenten reich besticktes Kopftuch, das auf ihrem silbernen Haar ruhte und an den Spitzen leicht im Morgenwind flatterte, ergab im Zusammenspiel mit der anderen Kleidung den Eindruck einer reichen Frau.

„Ah, Signore Levante!", sagte sie, ohne den Hauch eines sizilianischen Dialekts. „Ich bin auf dem Weg zur Beichte. Wenn Sie mich freundlicherweise mitnehmen würden, mein Dank wäre Ihnen gewiss."

Sie wirkte schmal und verletzlich, neben dem bulligen Levante, als sie tief eingesunken im Sitz, mit dem Rosenkranz, aus echten Perlen, in ihren Händen spielte. Carmine Levante betrachtete sie und sah sich veranlasst, das Wort an sie zu richten.

„Nun, wie geht es Ihrem Mann, Don Vittorio?"

„Er wird wohl bald sterben…, denke ich. Wenn es dem Herrn gefällt, wird er ihn zu sich rufen." Kleine Hände zupften verlegen am Kleid, versuchten, Distanz zum gesprochenen Wort zu finden, fanden sich aber im Ritual des Drehens vom Rosenkranz wieder.

„So schlimm?", fragte Levante und drehte am Lenkrad.

„Die Wege des Herrn sind unergründlich", sagte sie mit einem Anflug von Trauer in der Stimme.

„Und nicht nur die…", dachte Levante laut, worauf ihn Baronessa scheel von der Seite betrachtete.

„Wenn ich so indiskret sein darf, Signore Levante, Sie kümmern sich doch um ihr Seelenheil?"

„An mir soll's nicht liegen…, wenn man mich lässt!"

„Unsere Familie hat über Jahrzehnte die besten Kontakte mit der Familie Levante gepflegt. Ich kannte ihren Grossvater und bewunderte Ihren Vater um seine Contenance. Sie werden doch in ihre Fusstapfen treten und sich nicht durch äussere Umstände vom Ziel abbringen lassen? Das angefangene Werk fortführen und es zu einem glücklichen Ende bringen? Signore Levante, werden Sie mir das Versprechen dafür geben, jetzt und hier?"

„Ich versteh' nicht…?" Die abfallende Strasse veranlasste Levante, hart in die Bremsen zu steigen, was die Baronessa mit einem spitzen Aufschrei quittierte. Sie umrundeten die Piazza Communale mit viel Geschwindigkeitsüberschuss und das Auto kam mit quietschenden Reifen vor dem Portal der Kirche zum Stehen.

„Wenn wir Ihre Aktivitäten auch nicht immer gebilligt haben, so haben wir doch mit einem gewissen Interesse Ihr Tun beobachtet. Seit dem mysteriösen Ableben Ihrer Frau, vor zwei Jahren, umso mehr. Versuchen Sie, einen Kompromiss zwischen Ihren Ausschweifungen und der Realität zu finden. Auf Wiedersehen, Signore Levante!" Sie nestelte am Türgriff und versuchte, auszusteigen.

„Contessa, werden Sie mich in Ihr Gebet einschliessen? Besonders dann, wenn Sie an der Stelle angelangt sind… *und führe uns nicht in Versuchung.*" Levante startete den Motor, während die Baronessa aus dem Wagen stieg. Sie hielt die Türe noch einen Spalt breit offen, schaute ihrem Kontrahenten mit starrem Blick in die Augen und meinte:

„Mit dem allergrössten Vergnügen, Signore Levante und beim nachfolgenden Text im Gebet werde ich ganz besonders an Sie denken." Die Tür wurde vehement zugestossen, während Levante, mit einem Fluch auf den Lippen, davonbrauste.

Der erste heisse Atem des Schirokkowindes fegte über die Stadt hinweg, teilte den Bewohnern heftige Schläge aus, die Qualen bereiteten, sie betäubte und zur Verzweiflung brachte. Wie ein schwerer Mantel hing die Glut über der Stadt und liess die Hausmauern schon am frühen Morgen in Ofenkacheln verwandeln. Kaum irgendwo auf der Welt trafen Hitze und Kälte so unmittelbar aufeinander wie auf dieser Insel. Die Sonne hielt in der Mitte des Tages für ein paar Stunden das Leben an und liess jeden Gedanken an Aktivität absurd erscheinen.

Tief in einen Sessel vergraben, dachte Salvatore über Sinn und Unsinn des Lebens nach. Das Grundgefühl der Grimaldis machte Sprünge, die jedem Sportler Höchstleistungen abverlangt hätte. Jedem Hoch folgte ein Tief, dessen Konsequenzen einschneidende Abdrücke in der Stimmungslage der Familie hinterliessen. Die Hiobsbotschaft von Mimmo, der

Besuch seines Bruders aus Amerika, die Querelen mit seiner Schwester, all dies liess Salvatore in einen Zustand krankhafter Emotionen taumeln. Dieser Zustand hatte etwas von einer Seelenreise, die durch Zwischenweltregionen führte und seine Sinne belagerte. Er musste schmerzlich feststellen, dass ihm die verehrungswürdige Mitte fehlte und er in einem durchsichtigen Körper steckte.

Die Hitze setzte Salvatore an diesem Tag mächtig zu, machte ihn träge für Bewegungen, liess ihn eintauchen in Tagträume. Einmal damit angefangen, verfing er sich in der Zeit, als sein Vater noch ein *Tonnaroti* war, er ihn zu den Booten begleiten durfte, um dann Tage oder Wochen auf seine Rückkehr zu warten. Ein ewig wiederkehrendes Spiel seiner Gedanken.

Es war ein klarer Morgen und die Sonne liess die packpapierfarbenen Mauern der Häuser leuchten. Mit ausgebreiteten Armen rannte Klein-Salvatore, durch die Gassen, dem Hafen entgegen, in der einen Hand ein hölzernes Spielzeugschwert, mit der anderen winkte er den Fischern zu, die als Erste die Boote verliessen. Die dicken Leiber der unzähligen Fische glänzten in der Sonne, der Fang hatte sich gelohnt und trotzdem sah er nur die lethargischen Gesichter, die, wie es ihm schien, geradezu auf ihn gewartet hatten. Weiter abseits lag ein Schiff, an einem in den Sand gehauenes Stück Eisen vertäut, auf dem sich keine Fische befanden und das, von der Weite betrachtet, keine Fracht trug. Salvatore erkannte in ihm das Boot seines Vaters, rannte mit aufgestelltem Schwert darauf zu und blickte in die starr gegen den Himmel gerichteten Vateraugen. Die kindlichen Sinnesorgane sahen nur, was sie sehen wollten. Das Antlitz des Vaters. Sahen nicht den von vielen Schwanzschlägen, geschundenen Körper, sahen nicht das Blut, das aus unzähligen Wunden aus dem Leib auf den Bootsboden tropfte. Die Erinnerung daran trieb mit Salvatore ein surreales Spiel.

Seit längerer Zeit sah er nicht mehr das Gesicht seines Vaters im Boot. Unverhohlen und unangenehm berührt blickte ihm sein Sohn Mimmo entgegen.

„Sie sind da!"

„Was ist los?" Salvatore tauchte benommen aus der Halluzination auf. Teresa war ins Zimmer getreten und machte ihn mit der Tatsache vertraut, dass sein Bruder samt Familie unten am Hauseingang stand und auf ihn wartete.

Nachdem die Begrüssung der Verwandtschaft, lautstark, mit überschäumendem sizilianischem Temperament, ein Ende gefunden hatte, das Gepäck in dem konkreten Zimmer verstaut und das verbleibende Mitbringsel aus Amerika genügend bestaunt worden war – immer wieder unterbrochen von Tante Marcelina, die sich zum wiederholten Male nach den Namen der Kinder erkundigte –, fand man die Musse, sich über das Essen herzumachen. Geschichten von früher wurden erzählt, Todgesagtes wieder zum Leben erweckt, alternativ wechselnd mit einhergehenden Trinksprüchen, damit sie, wenigstens gefühlsmässig, einen Beweis ihrer Existenz erbrachten.

Als Mimmo in der Frühe zur Arbeit erschien, wurde er vom Besitzer der zweifarbigen Schuhe erwartet. Die Unterredung mit seinen Eltern war nicht in seinem Sinne verlaufen. Dass sich Vater gegen die Idee einer Heirat quergestellt hatte, wurde von ihm noch akzeptiert, aber die Tatsache, von der Mutter mit denselben Argumenten, - zu jung zu sein, kein Geld zu besitzen und dergleichen – auch noch überrollt zu werden, ärgerte ihn dann doch. Die Frage, wie es denn bei ihnen vor Jahren gewesen war, wurde mit der banalen Antwort von einer anderen Zeit abgetan. Missmutig stellte er sich dem Gespräch.

„Du schon wieder? Habe ich dir nicht deutlich zu verstehen gegeben, dass mich dein Angebot nicht interessiert? Also, lass mich zufrieden!"

„Die Sachlage hat sich geändert. Der Plan gelangt zur sofortigen Ausführung...!"

„Kein Interesse!"

„Auch dann nicht, wenn ich dir sage, dass der Preis um das Dreifache erhöht wurde?"

„Um das Dreifache, sagst du?" Mimmo begann, zu rechnen. Mit dieser Summe liesse sich schon was anfangen. Er könnte, auch ohne die finanzielle Hilfe seiner Eltern, eine Wohnung mieten, seine Raffaela heiraten und es bliebe trotz alledem noch ein hübscher Betrag für Kinderwäsche und solcherlei übrig. „Und, wann soll es passieren?", fragte er vorsichtig.

„Habe ich es nicht soeben erwähnt? Nein? Spätestens bis Mitte nächster Woche."

„Ich überlege es mir..."

„Keine Zeit für Überlegungen! Ich muss die Antwort jetzt haben. Wie schon gesagt... die Zeit drängt."

„Und der Lohn ist garantiert das Dreifache? Dann schreib mich auf die Liste." Mimmo wurde ganz flau im Magen. Er hörte sich aus der Ferne die Worte wiederholen: „Das Dreifache..."

Der Mann nickte, gab Mimmo verstohlen

Anweisungen über den Treffpunkt der heimlichen Zusammenkunft und liess beim Weggehen, seine mit Stahlkappen besohlten Schuhe über das Pflaster klappern.

Raffaela reagierte gelassen auf die Neuigkeiten von Mimmo, der ihr mit viel Leidenschaft und Engelszungen die Zukunft schilderte. Er versuchte ihr, mit völlig überzogenen Träumereien, das Leben mit ihm, als alleinig seligmachenden Zustand zu verkaufen. Einem fremden Zuhörer wäre allein davon schon schwindlig geworden. Es gab nichts an Trivialem, das er nicht schonungslos auskostete und in eine flammende Rede verpackte, in der Hoffnung, ihre Gunst zu erhaschen, einzufangen und für das weitere Leben zu konservieren. Unendlich langsam bröckelte Raffaelas Widerstand. Sie liess schon eine leichte Berührung seiner Hände zu, um beim nächsten falsch gewählten Wort, sich ihm aufs Neue zu entziehen. Mimmo kämpfte um seine Ehre, als Vater ihres Kindes anerkannt zu werden.

„Meine Eltern sind gegen ein Zusammensein mit dir!" Damit versetzte sie ihm einen weiteren Dolchstoss. Eine sizilianische Hochzeit ohne Anwesenheit beider Elternpaare war ein Ding der Unmöglichkeit.

„Hast du ihnen von unserem Kind erzählt?"

„Welches Kind? Noch ist es ja nicht auf der Welt und du sprichst schon von ihm, als würde es schon zur Schule gehen, oder sonst etwas Verrücktes anstellen. Noch ist es nicht sicher, ob ich überhaupt ein Kind bekomme. Vielleicht habe ich mich getäuscht, vielleicht auch nur geträumt…, aus einer Stimmung heraus… Ich weiss es nicht."

„Willst du damit sagen, dass du gar nicht schwanger bist? Du mir nur etwas vorgeflunkert hast, um dich wichtig zu machen?" Mimmo konnte sich vor lauter Wut und Enttäuschung kaum noch zurückhalten. Am liebsten hätte er Raffaela in den Bach unter der Eisenbahnbrücke gestossen.

„Machst du das nicht die ganze Zeit mit mir? Mir etwas vorlügen? Wer sagt denn die ganze Zeit: Es kann schon nichts passieren, ich pass' schon auf? Wer behält denn sein schleimiges Etwas, du weisst schon, was ich meine, nicht bei sich? Wer hat sich hier nicht unter Kontrolle, ich etwa?" Raffaela behielt in diesem Disput die Oberhand, liess sich auch von einem noch so grimmig gestimmten Mimmo nicht einschüchtern.

„Und ich dachte immer, du hättest auch deinen Spass dabei. War wohl ein Irrtum."

„Aus Irrtümern besteht die halbe Welt, die andere Hälfte versinkt in der Gleichgültigkeit.

Warum solltest gerade du darin eine Ausnahme machen?"

Mimmo dachte an seine Zusage, an sein Versprechen, an seinen Kontrakt mit dem Bösen. Eine Umkehr war nicht mehr möglich. Sie bedeutete Verrat und Verrat bedeutete Tod. Und dann war da noch das Geld. Dreifach! Mimmo wurde Gefangener in seiner eigenen Haut. Unendliche brachiale Angst machte sich in ihm breit und versetzte ihn in Panik.

Angelo Grimaldi war, ohne vorhergehende Ankündigung, mit seiner Familie eine Woche zu früh in seinem Heimatland angekommen. Durch diesen Umstand wurde der Aufteilungsplan der verschiedenen Schlafstellen von Teresa über den Haufen geworfen. Froh darüber, nicht mit der Schwägerin im selben Zimmer schlafen zu müssen, schlief sie jetzt mit ihrem Mann in der Küche. Zwei kleine Matratzen mussten nun genügen, um die Nächte mit Salvatore auf dem Fussboden zu teilen. Bequem war eindeutig etwas anderes. Und so stand sie am frühen Morgen wie gerädert wieder am Herd, um den Herrschaften das Frühstück zu bereiten. Mit Angelo und seiner amerikanischen Frau Beverly verstand Teresa sich einigermassen, nur die kleinen Racker, wie sie ihre Kinder nannte, bereiteten ihr einige Mühe. Wollten sie doch jeden Tag einen neuen Beweis ihrer Kochkünste, möglichst in Form von amerikanischen Speisen, was bei Teresa einen Schauer des Unverständnisses über den Rücken laufen liess. Von Marcelina, in ihren unmöglichen Forderungen noch unterstützt, obwohl sie die Namen der Kinder andauernd verwechselte, wurde jeder Tag zu einer neuen Zerreissprobe, um den Umgang mit der Verwandtschaft zu üben. Sie hatte sich auf die Ankunft ehrlich gefreut, spielte in Gedanken einzelne Sequenzen des Aufenthalts der Familie ihres Mannes durch, zerlegte sie in Einzelteile, stellte sie einander gegenüber, um sie am Schluss auf den richtigen Nenner zu bringen. Nun, im Nachhinein betrachtet, entwickelte sich ihr Gedankengut in eine andere Richtung und bekam eine beklemmende Eigendynamik, die sich in der Fokussierung der jeweiligen Betrachtung verlor. Nach etlichen Nächten des Herumwälzens auf der harten Unterlage, vertraute sie sich Salvatore an, um sich seiner Empfindung zu vergewissern.

„Die Kinder sind andere Verhältnisse gewohnt. Du kannst sie nicht mit unserer bescheidenen Kultur in Einklang bringen. Sie kommen aus der Neuen Welt. Für die sind wir nichts anderes, als primitive Hinterwäldler, die, auf die eine oder andere Weise, von nichts eine Ahnung haben", meinte Salvatore, aus seinen Träumen gerissen. Bei Teresa fand diese Antwort nicht den rechten Zugang über die Vorstellung von Anstand und Sitte, die sie bei Kinder gewohnt war. Sie beschwerte sich aufs Neue.

„Was soll ich, deiner Meinung nach, tun? Soll ich sie nach Hause schicken oder soll ich mich in deren Erziehung einmischen? Soll ich meinen Bruder einen schlechten Vater schimpfen, nur weil er seine Bambini nicht in Übereinstimmung mit deinem Befinden erzogen hat? Ist es das, was du willst?" Salvatore fand die Diskussion mit seiner Frau müssig. Beschwerte sie sich doch über einen Umstand, den er in seiner Komplexität doch nicht ändern konnte.

„Mit ein bisschen Unterstützung von deiner Seite wäre mir schon gedient", meinte Teresa beleidigt, drehte sich ab und vergrub ihr Gesicht im Kissen. Salvatore erkannte an der Haltung seiner Frau, dass ihn die Angelegenheit noch eine lange Zeit beschäftigen würde. Er wälzte sich auf dem unbequemen Lager unruhig hin und her, koordinierte seine Gedanken auf die Familie, suchte nach Auswegen, verwarf jene Gedanken an Demütigung und Versagen, konzentrierte sich nur auf den rettenden Gedanken.

In der Frühe überraschte Salvatore seine Frau mit der Nachricht über das bevorstehende Willkommensfest, das er für seinen Bruder ausrichten wollte. Für Teresa war es nicht die erhoffte Antwort auf ihre Fragen. Die Freude hielt sich in Grenzen. Sie wollte schon ihr Veto einreichen, stimmte aber, im Glauben an eine Rechtfertigung seitens Salvatore, diesem Anliegen zu. Eine Feier würde für Ablenkung sorgen, würde ihr Stunden der Sorglosigkeit bereiten und vielleicht eine kleine Annäherung an die amerikanische Familie bringen. Abweichung vom Normalen, das war es, was sie zurzeit am meisten benötigte. Ihre Gedanken befassten sich sogleich mit der Ausrichtung des Festes, sahen schon den milchigen Schein der buntschillernden Lampions, wie sie aufgereiht am Seil schaukelten und den Zauber einer gehobenen Stimmung entfachten. Die Freude wurde, mit dem Auftauchen von Tante Marcelina und den Kindern am Frühstückstisch, ihres Anreizes schnell enthoben.

Angelo Grimaldi fasste an diesem Tag den Entschluss, seine neue Kamera auszuprobieren. Zu diesem Zweck seilte er sich von seiner Familie ab und streifte durch die Winkel des Städtchens und suchte nach Motiven, die seinem Freund in Amerika die Erinnerung leicht machen sollte. Einem Amerikaner, der im Zweiten Weltkrieg bei der Landung auf Sizilien dabei gewesen war und Angelo gebeten hatte, ihm doch ein paar Aufnahmen von Lavana mitzubringen. Gerade, als er sich in Position stellte, um von der barocken Kirche ein Bild zu schiessen, tauchte in seinem Sucher das Gesicht von Carmine Levante auf.

„Hallo, wen haben wir denn da? Angelo, lass dich ansehen. Kennst du mich noch? Carmine Levante, du erinnerst dich doch?" Levante umarmte ihn.

„Levante, Carmine Levante! Gibt's dich auch noch? Ich dachte, dich hätte der *Pate* schon längst auf dem Gewissen. Wie ich aber sehe, bist du ihm doch noch eine Länge voraus." Angelos Freude hielt sich in Grenzen. Jemanden zu sehen, der in den Erinnerungen schon leicht verblasst war und beim Gedanken an ihn Schmerzen bereitete.

„Die Zeiten haben sich geändert. Es wird immer schwerer, sich dem Teufel zu entziehen. Sie sind hinter mir her und sie sind schon verdammt nahe."

„Ach komm schon, Carmine, du bist doch ein schlauer Fuchs. Du wirst doch mit dem bisschen Dämonischen fertig werden, oder bist du schon zu erhaben für das grosse Spiel?"

„Lass uns über vergangene Zeiten reden",

wich Levante einer Antwort aus. „Komm mit mir nach Hause. Ich habe da eine alte Flasche Wein, die nur darauf wartet, entkorkt zu werden. Tun wir ihr den Gefallen." Carmine steuerte auf seinen Wagen zu und winkte Angelo zu sich. „Nun mach schon, die Zeit ist reif!" Angelo stolperte hinterher, während sein Fotoapparat um seinen Hals, wie ein überflüssiges Relikt, baumelte.

Das Haus von Carmine Levante lag hinter der Fischfabrik, an den Hang gebaut, mit einer grandiosen Aussicht auf das Meer. Von hier aus konnte er hervorragend seinen Lohnabhängigen bei der Jagd nach dem Fisch zuschauen.

„Angelo, komm, setz dich und erzähl mir von Amerika." Carmine dirigierte ihn an einen überdimensional grossen Tisch, der mitten im Raum stand, um den Ausblick durch das riesige Fenster nicht zu verdecken. „Wie lange lebst du nun schon von der Heimat getrennt in dem fernen Land?"

„An die gefühlt tausend Jahre, vielleicht auch schon länger. Ich habe in dem Moment aufgehört zu zählen, als ich meine Koffer gepackt und das Schiff bestiegen hatte."

„Klingt irgendwie verbittert. So, als hättest du es nie gewollt?" Carmine schenkte die Gläser ein.

„Aber Carmine, gerade du darfst so eine Frage doch nicht stellen. Da du doch mit ein Grund für meine Flucht warst. Schon vergessen?" Angelo hob sein Glas wie einen Kelch in die Höhe, betrachtete den Inhalt und nickte als Billigung Carmine zu.

„Dein Bruder Salvatore hat mir deinen Auszug nie verziehen. Nach deiner Abreise verliess er mich und ging zur Konkurrenz. Er wollte nicht mehr für mich arbeiten. Obwohl er es immer noch tut, insgeheim. Coldatti kann in seiner *Tonnara* den Fischfang nicht alleine verarbeiten, also verkauft er einen Teil an mich. Salvatore hält mich immer noch für den Alleinschuldigen in dieser Affäre."

„Genau betrachtet warst du es auch. Aber das Glück, das du dir dabei versprochen hast, ist dir, wie ich gehört habe, nicht treu geblieben." Angelo betrachtete immer noch den Inhalt in seinem Glas.

„Und, wie war es bei dir? Hat die Madonna del Lume das gehalten, weswegen du sie angebetet hast? Oder gibt es keine Madonna in New York?" Carmines Augen fixierten Angelo, betrachteten dabei jede Bewegung und erhofften sich, aus den Gebärden, die Stimmung des Anderen zu erfahren.

„Was versuchst du, mir einzureden? Willst du damit dein Gewissen entlasten? Als ich damals in Amerika angekommen bin, war ich nichts anderes, als ein armer Einwanderer, der Arbeit suchte. An eine Umkehr war nicht zu denken. Ich durfte von früh bis spät in die Nacht Mehlstaub einatmen, um jeden Cent, den ich verdiente, auf die hohe Kante zu legen. Nach Jahren der Entbehrung konnte ich in *Little Italy* ein kleines Geschäft aufbauen. Jetzt habe ich fünf grosse Geschäfte über die ganze Stadt verteilt und jede Menge Angestellte. Glaubst du wirklich, ich wäre jetzt glücklicher als damals? Du hast mir das genommen, für das ich am meisten gebetet hatte. Du hast bei mir noch etwas gutzumachen." Angelo sagte dies ruhig und besonnen zu Carmine, hinterliess aber am Gesagten keinen Zweifel.

„Erinnere mich bei Gelegenheit daran."

„Hast du keine Kinder? Ich frag' mich, was habt ihr bloss die ganze Zeit gemacht?"

„In Angelina ging eine Veränderung vor, nachdem du uns verlassen hast. Glaub mir, du hättest sie nicht wiedererkannt. Hattest du Kenntnis davon, dass sie eine Adlige war?"

„Nein, ich wusste nur, dass sie vom Festland kam. Was anderes hat mich zur damaligen Zeit auch nicht interessiert. Warum nur, ist alles so gekommen?" Eine Frage, die er an sich selber richtete, während Carmine noch einmal nachschenkte.

„Und deine Familie? Liebst du deine Frau, deine Kinder…?", und mit Blick auf den Fotoapparat um Angelos Hals, „…gibt es Fotos von ihnen?"

Angelo kramte in seinem Jackett, beförderte aus einem Etui zwei Fotos zu Tage, eins mit den Kindern, eins mit seiner Frau und legte sie vor Carmine hin. Dieser studierte sie intensiv, um sich dann erstaunt an Angelo zu wenden.

„Deine Frau sieht genauso aus wie Angelina am Anfang, als wir beide sie kennenlernten. Verrückt, wie hast du das gemacht?"

„Das ist eine lange Geschichte. Beverly ähnelt deiner Frau tatsächlich, trotzdem ist sie in ihrem Wesen sehr weit entfernt von Angelina. Seit Jahren lebe ich in einem Traum. Ich betrüge meine Frau mit Emotionen, die für Angelina gedacht waren. Hier…", er griff wieder in seine Tasche und brachte ein weiteres Foto hervor. „…dieses Bild trage ich im Herzen. Es beherrscht meine Gedanken, ihr gehören meine Gefühle." Auf dem abgegriffenen, an den Ecken leicht zerfledderten Bild war Angelina in jungen Jahren zu sehen.

„Du bist krank. Nach all der Zeit, die inzwischen vergangen ist, träumst du einem Traum hinterher. Angelina ist tot, Beverly lebt. Diesen Traum brauchst du nicht zu träumen, der ist Realität."

„Der Tod von Angelina bedeutet nicht zwangsläufig auch das Sterben meiner Träume. In meinem zentralen Denken lebt sie weiter."

Inzwischen war später Nachmittag und Angelo fand es an der Zeit, sich zu verabschieden, nicht ohne vorher Carmine zu seinem Fest einzuladen. Dieser lehnte dieses Ansinnen dankend ab. Nach langem Hin und Her liess er sich dann doch von der Idee, eine Art Versöhnungsfest zu feiern, überzeugen und versprach Angelo, dabei zu sein.

Zu Fuss ging er den Weg zurück, suchte in jeder Ecke, in jedem Mauervorsprung nach Spuren von der Zeit mit Angelina. Wie hatten sie sich, eng aneinander gepresst, vor fremden Augen geschützt, gegenseitig in Mauernischen ihre Liebe gestanden. Angelo fühlte sich um viele Jahre zurückversetzt, stand in tranceähnlichem Zustand vor dem Restbestand einer Bank, auf der sie stundenlang gesessen hatten, nur um beieinander zu sein. Er erinnerte sich an das erste Mal mit Angelina, unten am Meer, in einer abgewrackten Hälfte eines, nach Fischabfällen stinkenden, Bootes. Die Erinnerungen fielen nicht schwer, auch nach so langer Zeit. Sie waren präsent zu jeder Stunde an jedem Tag.

Mimmo hatte es so nicht gewollt. Er dachte in Illusionen, bewegte sich wie ein Fantast und wurde so zum Mystiker. An eine Zukunft mit Raffaela und dem Kind versuchte er nicht mehr zu denken, zu viel an emotionalem Schaden wurde ihm seitens Raffaela zugefügt, nun war an eine Umkehr nicht mehr zu denken. Die geheime Zusammenkunft mit dem Träger der zweifarbigen Schuhe, in einem alten Schuppen unten am Hafen, nahm Mimmo nur widerwillig wahr. Nagende Zweifel an die Arbeit, die er zu verrichten hatte, hielt er nur mit dem Gedanken an seine dreifache Belohnung nieder. Als er die Tür zum Schuppen aufstiess, sah er wie zwei Kerle sich im Halbdunkeln rumdrückten. Zuerst erkannte er sie nur an den Stimmen, dann, als sich seine Augen an die Dunkelheit gewöhnt hatten, auch an ihren Gesichtern. Mimmo hätte daraufhin beinahe auf dem Absatz kehrt gemacht. Nur die Frage von Rizzo Cappoli hielt ihn zurück:

„Was, um alles in der Welt, machst du denn hier, Mimmo Grimaldi? Hast dich wohl verlaufen! Geh nach Hause zu deiner Mama, hier finden Männergespräche statt."

„Nein, nein Rizzo, lass nur. Ich habe ihn dazu eingeladen." Der Träger der zweifarbigen Schuhe trat aus dem Schatten einer Säule an Mimmo heran, legte seinen Arm um seine

Schultern und zog ihn in die Mitte des Raumes. „So, nun wären wir also komplett. Gibt es noch irgendwelche Fragen, bevor ich mit den Instruktionen beginne?"

„Sicher! Was macht der andere Trottel hier?" Rizzo Cappoli zeigte mit dem Finger auf den dicken Aldo Vazonetti.

„Ihr seid jetzt ein Team und werdet die, an euch gestellte, Aufgabe gemeinschaftlich lösen."

„Ich hasse Gruppenarbeit. Besonders dann, wenn ich von Idioten umzingelt bin!" Rizzo sog an seiner Zigarette und blies den Rauch durch die Nase aus. Er hatte dies im Kino bei Bogart gesehen und es hatte ihm mächtig imponiert. Seitdem kopierte er den Schauspieler in den Bewegungen, fletschte die Zähne beim Sprechen und stiess den Zigarettenrauch durch die Nasenflügel aus. Bei Rizzo sah es allerdings lächerlich aus, geradezu clownesk wie im Zirkus. Um das Ganze abzurunden liess er sich zudem sämtliche Schuhe an den Absätzen aufdoppeln, damit er grösser wirkte.

„Nun mach mal halblang, Rizzo. So ein Genie bist du nun wirklich auch wieder nicht!", meinte Mimmo und Aldo Vazonetti stimmte ihm Beifall erheischend zu.

„Jungs, lasst doch die Albernheiten. Konzentrieren wir uns auf die Arbeit." Der Mann griff hinter sich und plötzlich hatte er ein Gewehr in der Hand. „Ihr könnt mit so etwas umgehen?"

„Ich bin damit aufgewachsen. Wie es mit den zwei Blödmännern steht, weiss ich nicht. Die Gefahr, dass sie sich mit dem Ding umbringen, ist wahrscheinlich sehr hoch", lästerte Rizzo vor sich hin.

„Woher willst du das denn wissen? Ich kann ja ein bisschen probieren, mal sehen, ob ich dich treffe?" Mimmo feuerte übungshalber schon einmal mit den Augen auf Rizzo.

„Vergiss es! Du fällst allein schon ob dem Knall in Ohnmacht. Ich frage mich, was du hier suchst, Muttersöhnchen!"

„Schluss jetzt! Wir wollen uns auf die Aufgabe konzentrieren. Ich gebe euch jetzt die Instruktionen, die peinlichst genau eingehalten werden müssen. Ihr verhaltet euch so, als wärt ihr auf der Jagd…"

„Sind wir ja auch, oder etwa nicht?" Blödes Gelächter über Rizzos Anspielung. Der zweifarbige Schuhträger referierte noch eine Stunde über das gemeinsame Verhalten bei der Arbeit, ehe er die Angeworbenen entliess.

Das Fest war zur Begrüssung und dem Wiedersehen der Familie Grimaldi gedacht. Jedenfalls hatte Teresa es so verstanden, als

Salvatore davon gesprochen hatte. Tante Marcelina musste, wie üblich, etwas falsch interpretiert haben, anders liess es sich nicht erklären, dass plötzlich Nachbarn und völlig fremde Menschen an die Tür klopften und Sachen für das Fest abgaben. Am Abend, kurz vor der Feier, kam Teresa der Gedanke, ob die Terrasse wohl dem Ansturm gewachsen war, oder die Menge mit samt dem Dach bis in den Keller fallen würde.

Die Kinder hatten den ganzen Nachmittag gemeinsam Tische und Stühle aus einem Verschlag nebenan angeschleppt, Girlanden aufgehängt und nach Teresas Ansage die Lampions platziert. Dabei kamen sich Piana und der Sohn von Angelo, Julio etwas näher. Sie waren beide im gleichen Alter, ihre Vorlieben an Musik, amerikanischen Filmen und deren Attribute verbannten sie in eine eigene Welt, in die Erwachsene keinen Zutritt hatten. Aus beidseitigen Interessen wurde Interesse für den Anderen, das sich im Austausch von laienhaften Küssen und verstohlenem Händchenhalten im Verborgenen bemerkbar machte. Während Pietro Freude darin zeigte, seiner kleinen Cousine Maria hinterher zu jagen. Er hatte beim ersten Augenschein bemerkt, dass Anzeichen kleiner Wölbungen unter der Bluse bei Maria vorhanden waren und er nun beim Ge-

rangel keine Gelegenheit ausliess, unbeküm-
mert danach zu fassen. Die pubertären Spiel-
regeln legte er fest, so dass Maria seine Absichten gar nicht mitbekam und es für eine
sizilianische Art der Unterhaltung hielt.

In der Küche herrschte ein heilloses Durcheinander. Teresa rann der Schweiss aus jeder
Pore ihres Körpers, während Marcelina mit
ihren Aktivitäten rationell wirtschaftete, so
dass jeder Anflug von Transpiration im Keim
erstickt wurde, indem sie, auf einem Stuhl sitzend, unnütze Befehle erteilte. Oben auf dem
Dach, wo die Hitze nicht wesentlich geringer
war, als in der Küche, stimmten die Musiker,
die Salvatore kurzerhand aus Fischern rekru-
tiert hatte, ihre Instrumente. Die Dämmerung
fiel auf einmal ganz schnell über die Insel und
die ersten Besucher des Festes stolperten
schemenhaft im Schein der Lampions über
den welligen Boden der Terrasse. Der Vollmond tauchte geheimnisvoll zwischen Schlei-
erwölkchen hinter dem Berg hervor, diaman-
tenfarbenes Licht legte sich über das Wasser
und spiegelte sich mehrfach in der Bucht wi-
der. Eine leichte Brise bewegte die Blätter der
Oleander, die in steinernen Töpfen, als Zierde,
über die gesamte Terrasse verteilt worden waren. Träge Wärme strahlte vom aufgeheizten
Mauerwerk ab und steigerte die Ausgelassen-

heit der Menschen. Das Essen wurde in dem Moment aufgetragen, als Carmine Levante zum Fest eintraf. Bestürzt über das Auftauchen dieser Person, hielt sogar das Orchester inne, während Salvatore sich mit der Frage an Angelo wandte:

„Wie kommt denn der hierher? Hat sich wohl verlaufen…, ich werde ihm den Weg zeigen!"

„Lass nur, ich habe ihn eingeladen. Hi, Carmine", sagte Angelo auf Amerikanisch. „Komm her, setz dich zu uns!" Er winkte dem Ankömmling freudig zu, indessen Salvatore halb im Stehen, wieder Platz nahm.

„Darf ich mich an euren Tisch setzen?", fragte Levante und seine Augen waren dabei auf Salvatore gerichtet.

„Wenn Angelo das will…, es ist sein Fest", beantwortete Salvatore umsichtig die Frage.

Die Terrasse füllte sich mit Menschen. Immer neue, bekannte und fremde Gesichter standen vor Angelo, um ihn in seiner Heimat zu begrüssen. Von vielen musste er sich zuerst den Namen erfragen, kleine Begebenheiten erklären lassen, bevor die Verbindung hergestellt werden konnte. Bürgermeister Cosmo liess es sich nicht nehmen, ihn, im Namen der Kommune, herzlich willkommen zu heissen und überreichte Beverly artig einen Blumenstrauss.

„Von der Partei spendiert!", bemerkte er süffisant an alle Anwesenden gerichtet. Nachdem Teller und Gläser gut gefüllt vor der Gesellschaft standen, konnte das Fest beginnen. Mimmo kam, wie immer, zu spät, musste Salvatore zu seinem Bedauern feststellen. Aber, als er sich dann doch noch blicken liess, reagierte er mit Befriedigung.

„Mimmo, komm an meine Seite!", rief Angelo in Festlaune seinem Neffen zu. Dieser stockte kurz, als er Carmine Levante am Tisch erblickte, setzte sich dann aber doch auf den freigehaltenen Platz neben seinen Onkel. „Dich nehme ich mit nach Amerika. Gute Mechaniker sind gesucht, in einem Land, das fast nur aus Autos besteht." Ein Satz, lapidar ausgesprochen, aber mit ungeahnt weitreichenden Konsequenzen. Augenblicklich herrschte absolute Ruhe am Tisch. Alle Augen waren auf Salvatore gerichtet. Die Reaktion auf so ein ungeheuerliches Ansinnen durfte nicht verpasst werden. „Natürlich nur, wenn dein Vater nichts dagegen einzuwenden hat", relativierte Angelo seinen Vorschlag, als er die Mimik seines Bruders wahrnahm.

„Bitte Vater!", kam Mimmo einer Antwort zuvor. „Diese Chance bietet sich mir nie wieder! Willst du derjenige sein, der sie mir verbaut?"

Tante Marcelina schrie plötzlich auf, umklammerte mit beiden Händen ihren Hals, röchelte anschliessend aus den Bronchien pfeifend vor sich hin. Teresa sprang auf, schlug ihr mit der flachen Hand auf den Rücken und im gleichen Augenblick flog ein Stück gebratenes Fleisch ihrem Tischnachbarn in den Schoss. Vater Salvatore als Person stand auf einmal nicht mehr im Interesse der Anwesenden. Marcelinas Auftritt war viel aufsehenerregender und liess eine gewisse Komik nicht vermissen. Einzig Mimmo fand, dass die Reaktion auf die Beantwortung seiner Frage, die seine weitere Zukunft bestimmte, an Spektakulärem bei weitem übertroffen werden könnte, wenn Vater endlich antworten würde. Salvatore schienen die Schwingungen seines Sohnes nicht entgangen zu sein.

„Ich meine, erst gestern habe ich ihm noch die Windeln gewechselt", begann er, nachdem sich die Aufregung etwas gelegt hatte. „Jetzt sitzt dieser Kerl mit grossen Augen da und versucht, mir einzureden, dass Amerika eine Chance für ihn bedeuten würde. Mein Bruder Angelo wurde in dieses ferne Land vertrieben..." Salvatore schaute dabei bewusst nicht auf Carmine. „...und du willst da freiwillig hingehen? Du siehst eine Chance darin, deine

Heimat zu verlassen, was soll ich davon halten? Sollte ich dich darum beneiden, oder wäre es klüger, wenn ich es dir verbieten würde? Was denkst du?"

„Was willst du? Ich habe gezielte Vorstellungen, wie mein Leben verlaufen soll und dieses Angebot ist ein Teil davon. Oder geht es dir ums Geld? Ich kann euch jeden Monat etwas herübersenden. Onkel Angelo kann dir das bestätigen!"

„Sicher, absolut kein Problem", bejahte Angelo.

„Wo bleibt deine Freundin Raffaela, an die du schliesslich auch gewisse Verbindlichkeiten hast? Hast du darüber schon nachgedacht? Das geht mir alles viel zu schnell. Angelo ist ja noch eine Weile hier. Bis dahin hast du ja noch Zeit, deine Angelegenheiten in Ordnung zu bringen. An mir soll es nicht liegen."

Die Musik spielte einen Tusch. Bürgermeister Cosmo hielt eine Begrüssungsrede. Auf einer umgedrehten Holzkiste stehend, die Schärpe in den Farben der Partei um den Bauch gebunden, gab er ein verletzliches Zeichen der Vergebung ab. Inzwischen kam unten Tante Marcelina zurück. Nachdem sie sich durch den Vorfall bekleckert hatte, bestand sie darauf, sich neu einzukleiden. Genau in dem Moment, als Cosmo mit theatralischer Stimme ausrief:

„Du bist zu uns zurückgekommen…"

„Was dachtest du denn, du kannst hier alles alleine wegfuttern? Ist ja wieder einmal typisch Bürgermeister!", keifte Marcelina den Redner an.

„Ich habe nicht dich damit gemeint, Marcelina! Bei dir würde ich meine Worte sorgfältiger und differenzierter wählen." Cosmo hatte die Lacher auf seiner Seite und fuhr mit der Rede fort. Marcelina stutzte, setzte sich auf ihren Platz neben Signora Casagrande und dachte darüber nach, ob die Antwort von Cosmo eventuell eine Beleidigung gewesen war.

Cosmo glitt mehr oder minder bei seiner Willkommensrede in die parteipolitische Doktrin ab, die Aufmerksamkeit bei den Gästen schwand, sie kannten den Text in und auswendig. Ungeniert unterhielten sie sich lautstark mit ihren Nachbarn. Die Musik begann wieder, zu spielen, während Cosmo immer weiter sprach. Pietro jagte zum wiederholten Male an diesem Abend hinter Maria her und jedes Mal, wenn er am Tisch der Signora Casagrande vorbei kam, zwinkerte er ihr unverhohlen zu.

Signora Casagrande wandte sich mit der Frage an Marcelina:

„Was ist denn mit dem kleinen Pietro los, hat er ein Augenleiden?"

„Nicht, dass ich wüsste. Wie kommen Sie auf diese absurde Idee? Etwa, weil sein Vater nur ein Auge besitzt?" Marcelina schaute sie vorwurfsvoll an.

„Nein, nein, nicht darum, es ist nur…", versuchte Signora Casagrande zu beschwichtigen.

„Nur was?"

„Nun, jedes Mal, wenn er an unserem Tisch vorbei rennt, zwinkert sein Auge auf unnatürliche Weise. Ich dachte…"

„Zwinkern? Das will ich sehen!" Sie stand auf und rief über die Terrasse lautstark nach Pietro. Cosmo versuchte, noch immer auf der Kiste stehend, seinen Lehrsatz an die Anwesenden weiter zu geben. Gemüsehändler Pipo Cappoli rief ihm zu:

„Cosmo, erzähl uns doch lieber etwas über das Abenteuer im Zug mit Donna Luisa!", und brachte ihm anschliessend etwas zu trinken. Aber Bürgermeister Cosmo liess sich von solchen Zwischenfällen nicht so leicht aus dem Konzept bringen, war er es doch von seinen Genossen gewohnt, rigoros unterbrochen zu werden.

Scharf beobachtet von Angelo, forderte Carmine Levante Beverly zum Tanz auf. Für diesen Abend war Angelina von den Toten auferstanden. Carmine fühlte es tief in sich, dieser Abend war für ihn reserviert. Ihre Figur, die schräg gestellten Augen, das Mienenspiel, alles stimmte. Wie bei einem Zwilling. Schade nur, dass sie seine Sprache nicht verstand. Zögernd, immer auf der Hut, falls sie seine Artikulationen doch verstehen sollte, begann er, ihr Liebeserklärungen in sizilianischem Dialekt ins Ohr zu säuseln. Keine Sprache auf dieser Welt hatte mehr Worte, dachte Levante und er kannte viele von den Begriffen, die bei Frauen einen nachhaltigen Eindruck hinterliessen. Er begann zuerst mit banalen Freundlichkeiten über ihre Kleidung, über ihr Aussehen. Beverly nickte lächelnd Zustimmung. Danach fühlte sich Levante sicher, kam aus seiner Haut und ging zum Frontalangriff über. Er kokettierte mit den Augen, setzte ein zuckersüsses Lächeln auf und lud zum Schäferstündchen in sein Haus ein. Beverly lächelte abermals.

„Pietro, lass dich anschauen!" Marcelina bremste den Jungen bei seiner nächsten Umrundung aus. „Schau mich an!", sagte sie scharf und blickte Pietro tief in die Augen. „Was soll das, ich kann keine Zuckungen entdecken. Signora Casagrande sehen Sie selbst, nicht die kleinste Bewegung im Gesicht des Jungen." Marcelina hielt den Kopf von Pietro, eingeklemmt in beiden Händen, direkt vor das Antlitz der Frau. Als er so nahe an seiner Verehrten war, dabei in ihre Augen sah, liess er sein rechtes Augenlied flattern und rannte davon. „Na, was habe ich Ihnen gesagt? Keine Spur eines Augenleidens." Marcelina wartete die Antwort nicht ab, sondern stürzte sich auf Cosmo, der gerade ein Gedicht über die Glückseligkeit einer sizilianischen Nacht in der dritten Wiederholung vortrug. Mit einem leeren Glas in jeder Hand von Cosmo schleifte Marcelina den leicht schwankenden Bürgermeister auf die Tanzfläche.

Salvatore stellte sich hinter Teresa. Sein Mund ging ganz nahe an ihr Ohr.

„Was glaubst du, wen ich heute Abend vermisse?" Eine leichte, verneinende Bewegung mit dem Haupt, war die Antwort auf seine Frage. „Wo stecken Julio und Piana?"

„Keine Ahnung. Frag Pietro, oder Maria, die wissen es bestimmt. Was willst du denn von den beiden?" Teresas Argwohn wurde geweckt.

„Ach, nur so. Ich habe sie den ganzen Abend noch nicht zu Gesicht bekommen. Reine Neugierde, nichts weiter."

„Nun komm schon, Salvatore, dich bedrückt doch etwas. Erzähl mir, was es ist." Sie drehte sich um und suchte in seine Augen nach Anzeichen von Sorge.

„Die Situation, in der sich Mimmo zurzeit befindet, macht mir Kopfzerbrechen. Der Wunsch nach Veränderung ist in einem jungen Menschen permanent vorhanden, das versteh ich ja, irgendwie... Aber muss es denn gleich Amerika sein? Kann er nicht wie andere Jungs nach Palermo, Rom oder meinetwegen auch nach Mailand gehen? Muss es unbedingt Amerika sein? Dann, die Sache mit seiner Freundin Raffaela. Wie stellt er sich das vor? Sie kriegt ein Kind von ihm und er drückt sich vor der Verantwortung, wie soll das gehen?"

„Fragen über Fragen. Salvatore, du machst dir über Dinge Sorgen, die du heute Abend sowieso nicht mehr lösen kannst. Warte den Morgen ab, bis dahin kann sich schon wieder einiges ändern, von dem du jetzt noch keine Ahnung hast. Lass uns das Fest geniessen." Teresa schmiegte sich verliebt an Salvatore. Der genossene Wein entfaltete sichtlich seine Wirkung.

Von der horrenden Knallerei, die von der Strasse an sein Ohr drang, brutal aus den Träumen gerissen, torkelte ein schlaftrunkener Salvatore am Morgen über den Gang zur Toilette. Das Begrüssungsfest für Angelo hatte ihm mächtig zugesetzt. Wie er es heute schaffen sollte, die schwere Statue von San Giorgio durch die Strassen von Lavana zu tragen, war ihm ein Rätsel. Sein Schädel brummte vom vielen Wein, die Beine, schwer wie Blei, versagten zeitweise ihren Dienst und gaben Salvatore den Eindruck, als ob er taumeln würde. Kleine, bösartige Stiche in der Herzgegend liessen die ersten Zweifel darüber aufkommen, dass er den Tag lebend überstehen würde. Auf der Strasse ging der Lärm in tosendes Brüllen über. Die roten Teufel, Männer in Teufelskostümen, mit Masken aus Blech, hatten das Kommando übernommen. Mit Schellen, Klatschen und Böllern wurden die Einwohner lautstark aus ihren Betten vertrieben, indem an dessen Haustüren gehämmert wurde, um ihnen einen ansehnlichen Betrag aus der Tasche zu locken.

Mimmo war zeitig aufgestanden und turnte in aller Frühe am Glockenturm herum. Er und ein paar andere junge Männer befestigten Knallkörper wie bunte Sträusse am abbröckelnden Mauerwerk. Rizzo Cappoli tat sich wieder besonders hervor, indem er waghalsig das schiefe Dach über dem Turm bestieg, auf Simsen und Sockeln herumbalancierte, nur um das Schwarzpulver oben am Kreuz anbringen zu können. Tief unten auf der Strasse formierte sich die Blasmusik und übte die ersten Takte vor ihrem Auftritt bei der Prozession. Die Sonne brannte unbarmherzig vom Himmel, trieb die Hitze und die Schweissabsonderung bei den Kirchenbesuchern in astronomische Höhen. Ihre Gesichter glänzten vor Nässe, der Geruch nach Schweiss und der starke Duft des Lavendels, der Büschelweise auf den Seitenaltären lag, vermischten sich zu einem unsäglichen Gestank. Im Kirchenschiff hing die Schwüle feuchtwarm über den unzähligen Leibern, die dichtgedrängt, Körper an Körper mit Fächern bewaffnet den unsinnigen Versuch unternahmen, wenigstens etwas an kühler Luft zu erhaschen. Vor dem Portal stand Pater Alfonso, schaute mit Entzücken dem Ritual der Gläubigen zu, wie sie, bildlich gesprochen, ihre Zungen vom Eingang bis zum Altar über den grauen Schieferboden schleiften. Als ein paar wildgewordene Burschen sich anschickten, die Treppe zum Gotteshaus mit einem Stier zu besteigen, gebot er Einhalt.

„Das Tier bleibt heute draussen! Die Kirche ist bis auf den letzten Platz besetzt!", brüllte er gegen den Lärm der Blasmusik, die sich von einem Musikstück zum anderen, nicht unbedingt in der Qualität der Ausführung, aber doch in der zunehmenden Intensität der Lautstärke gesteigert hatte, den aufgebrachten

Männern entgegen.

„Was ist mit den *Ceraulis*, den Schlangenbeschwörern? Die sind doch auch in der Kirche mit ihren Tieren!"

„Ihre Viecher sind wesentlich kleiner. Wie gesagt, heute nicht!" Der Stier wurde gezwungen, vor der Kirche niederzuknien, indem sie mit kleinen Stöckchen auf seine Knie einschlugen. Im Innern des Gotteshauses begann es zu brodeln, der Höhepunkt stand kurz bevor. Zwei Ministranten vor dem Hauptaltar hielten die Kordel zum samtig roten Vorhang in ihren Händen, hinter dem die Statue auf ihre Enthüllung wartete und lauerten auf das Signal von Pater Alfonso. Dann der Moment, das erlösende Zeichen. Der Vorhang hob sich Scheibchenweise, das Idol San Giorgio erschien als Puzzle vor den Augen der andächtigen Glaubensanhänger. Eine plumpe Skulptur mit dem Gesicht einer Comicfigur. Frenetischer Jubel brauste auf, Dutzende von Männern stürzten sich auf die vier Tragebalken, fassten unter und machten sich, unter dem Gebrüll aus hunderten von Kehlen, auf zur Prozession. Alle Männer wollten gleichzeitig zum Ausgang, drängelten und kämpften sich an ihren Sitznachbarn vorbei, um am Ende im Pulk auf der Strasse zu landen. Sie hinterliessen einen selig lächelnden Priester und plaudernde, alte Frauen, die auf die Messe warteten.

Salvatore bekam das abgegriffene Holz fast am Ende der Stange zu fassen, vor ihm zwanzig Faustpaare, die sich in der Hetze andauernd auf die Füsse traten. Auf der Strasse wurden sie von einer Mischung aus explodierenden Knallkörpern, untermalt von ohrenbetäubendem Schellengerassel und einer Blasmusik, die die Töne nach einem unbestimmten Muster erfand, empfangen. Kanonen schossen lange, bunte Papierstreifen unter spuckenden Funken hoch in die Luft. Kirchenglocken dröhnten vergebens gegen den Sturm der Feuerwerkskörper an. Bürgermeister Cosmo fand es unsinnig, dass er sich für Subventionen zur Renovierung der Kirche in Palermo stark machte, während bei jedem Fest irgendeines Heiligen das halbe Mauerwerk herunter gesprengt wurde. Die Bevölkerung war in ausgelassener Stimmung in Erwartung des rituellen Festes, eingeübt und weitergegeben über Generationen. Barfuss oder in Socken wandelten die büssenden Frauen auf einem Teppich aus Konfetti und ausgeblasenen Luftschlangen hinter der Statue, die längst, von den Männern im Laufschritt getragen, aus ihren Augen entschwunden war, her.

Während in der Kirche, unter ständigem

Kommen und Gehen der Gläubigen, eine Messe nach der anderen zelebriert wurde, kleine Zigeunerkinder, mit Gesichtern wie die der Erwachsenen, sich unter die Kirchgänger mischten, um sie zum Kauf von Heiligenbilder zu drängen, kam die Statue mit ihren Trägern von der Ehrenrunde zurück. Salvatore hielt sich immer noch an der Tragestange fest, nur noch mit einem Schuh am linken Fuss bekleidet, wurde er von den anderen Trägern rücksichtslos mitgeschleift. Die Sonne verdunkelte sich unter den Rauchschwaden der abgefeuerten Böller.

„Giorgio! Giorgio!" Rufe aus etlichen Kehlen. Ausgestreckte Hände, gefüllt mit Geldscheinen, die sie den zwei Männern auf der Trageplattform übergaben, im Vertrauen, mit der Bezahlung im heiligen Giorgio einen starken Beschützer zu gewinnen.

Jetzt wurde auf der Piazza Communale gefeiert. Vor einer kleinen Band, die unter der Kirchentreppe Aufstellung genommen hatte und zum grossen Teil aus den Musikern bestand, die bei Angelos Fest aufgespielt hatten, stand Raffaela und schwang, bekleidet mit einem kurzen Röckchen, ihre Hüften.

Mimmo trat von hinten an sie heran und tippte ihr auf die Schulter.

„Verträgt das ungeborene Kind dein aufreizendes Geschaukel, oder wiegst du es vorsichtshalber schon mal in den Schlaf, damit es dich bei deinen Aktivitäten nicht stören kann?"

„Ach du bist es, Mimmo. Wer weiss, noch ist es ja nicht sicher, dass das Kind jemals geboren wird! Also, lass mich mit deinen Eifersüchteleien zufrieden!" Raffaela wirkte abweisend.

„Nun, lange brauchst du dich über meine Anwesenheit nicht mehr beklagen. Ich verlasse Lavana und wandere demnächst aus." Mimmo hatte seinen Trumpf ausgespielt und brachte Raffaela dazu, ihn ungläubig, fast schon ein bisschen bewundernd, anzuschauen. Mimmo kam es jedenfalls so vor. Noch nie hatte er diesen überwältigenden Gesichtsausdruck an ihr bemerkt.

„Pf…", zischte es gepresst aus ihrem Mund. „Wo will denn so Einer wie du schon hin? Ins nächste Nachbardorf vielleicht? Oder soll der Ausflug gar bis nach Palermo führen? Dass ich nicht lache, ha! Mimmo Grimaldi, weg von seiner Mutter? Nicht auszudenken!" Raffaela hatte sich wieder so weit gefasst, um Mimmo zu ärgern.

„Onkel Angelo nimmt mich mit nach Amerika!" Gleichzeitig zu seiner Antwort platzte ein Knallkörper in ihrem Rücken und die

Verwirrung in Raffaelas Gesicht hätte nicht grösser sein können. „Ich würde dich mitnehmen, als meine Frau…, natürlich nur, wenn du willst…", sprach Mimmo weiter. Nun war es um Raffaelas Abgeklärtheit geschehen. Sie tobte los, liess Mimmo nicht den Hauch einer Chance zur Gegenwehr, rang ihn mit Worten nieder, deren Inhalt er nie zu denken gewagt hätte, geschweige denn aus ihrem Mund zu hören.

„Mimmo, Mimmo! Gib mir ein paar Lira!" Pietro zupfte am Ärmel seines Bruders.

„Was ist? Was willst du?" Mimmo blickte böse auf Pietro, der mit Maria bettelnd vor ihm stand.

„Ein paar Lira…, für das Karussell. Ich will mit Maria Karussell fahren!"

„Wo ist Mutter? Holt euch bei ihr das Geld. Und jetzt verschwindet!" Mimmo drehte sich wieder zu Raffaela um. Diese war inzwischen hinter der Süssigkeitenbude, vor der Tante Marcelina in Gedanken versunken stand, verschwunden.

„Tante Marcelina? Was machst du hier? Such dir etwas zum Naschen aus, ich lade dich ein." Mimmo stellte sich hinter seine Tante.

„Ach, du bist das Mimmo!", schrie sie erschrocken auf, als er sie ansprach. „Ich habe dich gar nicht kommen hören. Du standest doch vorhin noch bei Raffaela Bigotti. Ich wollte euch nicht stören, ihr wart gerade tief in ein Gespräch verwickelt. Lief wohl nicht so, wie du es dir vorgestellt hast?"

„Ach, Tante Marcelina, sie hält sich für was Besseres. Sie wartet auf ihren Prinzen... ich hätte sie sogar geheiratet, aber sie wollte nicht."

Dunkle Wolken waren aufgezogen. Der Wind spielte mit den Girlanden, fegte das Papier, das mannigfach auf der Strasse lag in Ecken und Mauervorsprünge. Regen setzte plötzlich ein und liess den Besuchern des Festes kaum Zeit, zu reagieren. Die Instrumente der Blechmusik hatten Wasser geschluckt, stiessen schiefe Töne, den vor der Nässe Flüchtenden hinterher, während ein kleines Mädchen mit den aufgeweichten Papierschnipseln spielte, die im Rinnstein lagen und stimmig dazu meinte:

„Der liebe Gott weint."

Angelo Grimaldi wurde die Woche seiner Anwesenheit bei der Familie seines Bruders zur Tortur. Er wollte mit seiner Frau und den Kindern geruhsame Ferien in seinem Heimatland verbringen und nun entpuppte sich der Trip über den grossen Teich zu einem Horrorszenario, mit Verwandtschaft und Bekanntschaft rund um die Uhr. Die amerikanischen Verhältnisse, ein gewisser Standard an Wohnqualität, Mobilität und dergleichen, liessen ihn New York vermissen. Aus dem Affekt heraus, als seine Schwester Marcelina wieder einmal kein Fettnäpfchen ausliess, um ihn mit alten Geschichten zu beleidigen, fasste er den folgenschweren Entschluss, in das einzige Hotel am Platz umzuziehen. Helle Empörung über sein Ansinnen war die Reaktion, die er allseits erntete. Seine Entscheidung stand jedoch fest und auch die Krokodilstränen seiner Schwester, voller Pathos in ein spitzenbesetztes Taschentuch geweint, hielten ihn nicht vom Kofferpacken ab. Der Umzug ins Hotel Miramare gestaltete sich anschliessend zu einer Übersiedlung, an der die halbe Verwandtschaft und der grösste Teil der Bewohner des Hauses teilnahmen.

Während Angelo mit seiner Familie den Auszug zelebrierte, machte sich Salvatore bereit, um sich, zum ersten Mal in dieser Saison, dem Fisch richtig zu stellen. Das normale Fischen, wie er es nannte, war im Gegensatz zu dieser Arbeit eine Spielerei. Das Endergebnis, auf das er ein ganzes Jahr gewartet hatte, erbarmungslos und unabwendbar, wie jedes Wagnis, das sich auf dem Meer abspielte. Jetzt begann das lange Warten. Stunden, Tage, in zermürbendem Gemütszustand, der allen eigen war, die mit der Jagd auf dem Meer zu tun hatten.

Die Boote standen zum Auslaufen bereit, als er im Halbdunkel der Morgendämmerung zu der *Tonnara* beim Hafen kam. Ein Bau, aus vom Wetter zerfressenem Tuffstein, hinter dem das Gebirge steil anstieg, eingeklemmt in einer Bucht zwischen spitzen Felsen in der Ausfahrt. Die Einfahrt zu der *Tonnara*, stand weit offen, da sie keine Tore besass, so als wollte sie die Brandung auffordern, sie zu besuchen. Im steinernen Gewölbe harrten die Boote, die über den Winter gebaut und gewartet wurden, ihrer Arbeit auf dem Meer entgegen. Einer *Mattanza*, dem grausamen, aber unabänderlichen Schlussakt des Thunfischfangs, auf die ein Jahr lang hingearbeitet wurde und die einen Monat andauerte.

Zehn Kilometer Netze lagen sortiert auf Deck, bereit zum Auslegen. Der kommandierende Fischer, der *Ràisi*, der oberste Verantwortliche beim Fischfang – jedes Jahr wurde diese Ehre einem anderen verdienten Fischer zuteil, dieses Mal war es Alberto Socci, ein altgedienter Kämpfer -, gab das Zeichen zum Aufbruch. Allen Männern war die Parole, die kurz vor dem Auslaufen erteilt worden war, klar und konnte am Ende nur eines bedeuten: Mensch gegen Fisch!

Die Ketten, an denen die Boote zu Wasser gelassen wurden, rasselten über den Holzboden, quietschten in den Führungsrollen und entspannten sich erst, als die Last, die an ihnen hing, mit einem Plumpsen im Wasser landete. Hölzerne Lanzen, am Bug der Boote angebracht, zeigten aufs offene Meer. Eine Schiffssirene heulte vom Turm der *Tonnara*, beruhigend und alarmierend, als todbringender Warnruf an die Tiere. Am Horizont gesellte sich die Sonne als blutrotes Fanal dazu. Der Morgen brach an.

Beissender Gestank nach verbranntem Diesel, der die hochgestellten Auspuffe im Takt der Schlagzahl einer Galeere verliess, blieb als Rest einer Prozession von auslaufenden Booten am Hafen unangenehm in der Luft hängen. Frauen, die ihre Männer zur Arbeit gebracht, sich von ihnen für längere Zeit verabschiedet und sie zu einem Schicksal aufgefordert hatten, deren Ausgang in der Hand der Madonna lag, gingen mit gesenkten Häuptern nach Hause.

Alberto Socci stand auf der Brücke und befehligte seine Leute. Nachdem sie eine bestimmte Stelle im Meer, die zwischen zwei Inseln einen Kanal bildete, aufgesucht hatten, begann die Arbeit – der Bau einer *Tonnara*. Salvatore verglich dies gerne mit der Gründung einer Stadt. Wenn die Netze im Rechteck über eine weite Strecke ausgelegt wurden, unterteilt mit Toren, die alle beweglich waren, zwischen denen die Fische herumschwimmen konnten, rein und raus, wie es ihnen beliebte, dann wuchs das Fanggebiet wie eine Stadt. Am Schluss erwartete die Tiere das letzte Tor – jenes zur Todeskammer.

Der Himmel, der über ihren Booten hing, war weiss von der Hitze. Es war um die Mittagszeit, am zwanzigsten Tag ihrer Abreise, als Salvatore und die übrigen Männer mit dem Auslegen der Netze fertig waren. Das Kreuz, dessen Motivbilder, über Glaube, Liebe und Hoffnung erzählten, wurde als letzte Arbeit über den ausgelegten Netzen befestigt. Die Stadt am Meeresboden war gebaut, jetzt warteten sie darauf, dass Leben einkehren mochte. In einem kleinen Boot, bewaffnet mit einer hölzernen Lanze, einer Art Speer, etwas Nahrung und Wasser, legte Salvatore sich auf den Boden und harrte der Dinge. Müde von der Anstrengung und der Hitze, die sich bleiern über ihn ausbreitete und dem Schaukeln des Bootes, das wie eine Wiege hin und her pendelte, schlief er alsbald ein.

Frühmorgens waren sie mit der dreirädrigen Vespa, mit der Gemüsehändler Pipo Cappoli ansonsten sein Gemüse ausfuhr, aufgebrochen und kämpften sich im Schneckentempo die steile Strecke, Meter um Meter den Berg hinauf. Mimmo sass hinten auf der Pritsche, während Aldo neben Rizzo, der das Vehikel steuerte, Platz genommen hatte. Er liess die Landschaft, die in der Vegetation immer spärlicher wurde, je höher sie kamen, an ihm vorüberziehen. Sein Blick wanderte hinunter ins Tal, verfing sich in der Weite des Meeres, erfasste die buckligen Äolischen Inseln und blieb am Vulkan Stromboli hängen. Leichter Rauch puffte aus ihm hoch, um dann, vom Wind, faserartig über die Insel verteilt zu werden. Mimmo griff nach der Decke, die zu seinen Füssen lag. In der Früh, beim Einsteigen in das Fahrzeug, war ihm bei der kleinsten Bewegung warm geworden, jetzt auf der Höhe angekommen, fröstelte es ihn und er zog hastig den Quilt über sich. Karg präsentierte sich der Ausstiegsort. Felsgestein überzog die, von Schafen besiedelte, weite, hügelige Fläche und Mimmo dachte an die Unwirklichkeit des Gegensätzlichen. Unten das üppige Pflanzenreich, hier oben eine öde, menschenverachtende Bergwelt.

„Willst du in dem Ding übernachten?" Rizzo war an die Ladebrücke getreten und machte sich am hinteren Teil zu schaffen. Er reichte Aldo Vazonetti die, unter einem Leinentuch getarnten, Gewehre. In einer, in den Fels gehauenen Schäferhütte, machten sie es sich bequem. Vom kalten Wind geschützt wurden Zigaretten verteilt. Die Stunde der Jäger war gekommen. Das Ausharren in Geduld, Ausschauhalten nach der Beute, in der Erwartung das Wild zu erlegen.

„Wenn wir ihn hören, stürzen wie uns gleichzeitig auf die Strasse und feuern, was das Zeug hält!", sagte Rizzo in die Stille, die seit der Ankunft zwischen den Dreien herrschte.

„Wenn er denn kommt…" Vazonetti war von der Ankunft des Opfers nicht überzeugt.

„Er fährt doch Woche für Woche immer dieselbe Strecke hoch. Warum sollte er gerade heute nicht hier vorbeikommen?", fragte Mimmo und biss in ein Stück Ziegenkäse.

„Weil WIR hier sind und auf ihn warten, darum." Rizzo sog an seiner Zigarette und liess den inhalierten Rauch aus den Nasenflügeln entweichen.

„Woher sollte er das wissen? Hast du ihm das etwa gesagt? Zuzutrauen wär's dir! Doppelt abzukassieren ist ja eine Spezialität von dir." Mimmos Augen funkelten Rizzo kampflustig an.

„Rizzo, was meint Mimmo damit, wenn er sagt, dass du doppelt kassierst?" Vazonetti verschluckte sich und spie den Wein vor seine Füsse.

„Nichts! Blöde Verdächtigungen eines Spinners. Mimmo hält sich für was Besseres, nur weil er Raffaela Bigotti zufällig mal aufs Kreuz gelegt hat. Nun befindet er sich in einer Illusion und denkt, er wäre der Einzige. Die lässt sich von jedem befummeln, der ihr schöne Augen macht, um im Nachhinein mit einer vorgespielten Schwangerschaft ein paar Lira aus ihm herauszupressen. Raffaela ist eine Hure, begreif das doch endlich. Würde mich nicht wundern, wenn sie dahinter steckt, dass du hier überhaupt mitmachst." Mimmo sprang von der Strohunterlage auf und machte Anstalten, Rizzo zu schlagen. Vazonetti ging dazwischen und hielt beide Kampfhähne mit seinen starken Armen auf Distanz.

„Na, wollt ihr wohl aufhören, euch die Schädel einzuschlagen! Bei dem Krach, den ihr macht, kann ich keine Geräusche eines Motors vernehmen."

„Das Küken will uns weismachen, dass es vom Geschäft etwas versteht. Ist ja lächerlich! Ich frag mich ehrlich, was willst du überhaupt hier? Du passt nicht zu uns!" Rizzo riss sich aus Vazzonettis Umklammerung, fletschte die Zähne wie sein Idol und trommelte mit der Faust auf den Fenstersims der Behausung.

„Ich wollte mit Raffaela…, ich meine, ich hätte mit ihr auch gerne einmal, na ja, ihr wisst schon…", meinte Aldo nachdem sich die Streithähne wieder beruhigt hatten. „Jede Nacht dachte ich in den Träumen an sie. Jede Nacht zog ich sie aus und legte sie mir ins Bett. Irgendwann sprach ich Raffaela darauf an. Sie meinte lediglich, warum davon träumen, wenn es die Realität gibt. Dann, eines Tages, war es soweit. Alles war arrangiert, endlich sollte ich am Ziel meines Verlangens angekommen sein. Ich wollte vor Freude irgendetwas Verrücktes tun, mir fiel aber nichts ein. Als ich auf dem Weg zu Raffaela bei der Kirche vorbeikam, dachte ich mir, geh noch schnell zur Beichte. Pater Alfonso hörte mir andächtig zu, kam hernach aus dem Beichtstuhl und klebte mir eine, daraufhin hatte ich keine Lust mehr auf Raffaela. Warum er das damals gemacht hat, kann ich bis heute nicht verstehen." Er sog an der Weinflasche, die nach dem Streitgeplänkel wieder die Runde machte.

„Welcher Blödmann rennt auch schon vor der Schandtat zur Beichte und erzählt davon, dass er sie begehen wird?!" Rizzo schüttelte verständnislos sein Haupt. „Weil er dich durch das Gitter erkannt hat und dir Trottel einigen Ärger ersparen wollte. Darum hat er es gemacht. Nur darum." Rizzo wischte seine Hände an der Hose ab.

Wolkenreich zogen Nebelschwaden über die Felswand, lagen kurze Zeit wie Watte über der Landschaft, um nachher vom Wind zerfranst, in die Berge gehetzt zu werden. Aus dem Tal ertönten Kirchenglocken, vermischten sich mit den Glöckchen, die um den Hals der Schafe hingen und ihre Echos hallten vielschichtig nach. Die Luft, die sich vom Gipfel herunter wälzte, schmeckte nach Schnee. Mimmo hatte sich, in eine Ecke der Schäferhütte zurückgezogen und wischte mit einem Lappen den Lauf des Gewehres. Rizzos Attacken auf seine Empfindungen und der genossene Wein liessen ihn in Lethargie versinken. Aldo erzählte Geschichten über sich, lustige und traurige, die alle etwas gemeinsam hatten, am Ende stand er meistens als Idiot da. Mit seinem Geplapper lullte er Mimmo und Rizzo ein und die Hälfte der Worte seiner Erzählungen gingen irgendwo in der Hütte verloren. Nur bei einer Geschichte horchten beide auf. Er erzählte von rattenähnlichen Tieren, die irgendwo im hohen Norden lebten und sich genauso vertrottelt zu verhalten schienen, wie er selbst.

„Lemminge, glaube ich, heissen sie. Ja, Lemminge." Und er erzählte weiter von den putzigen kleinen Tieren, die sich in willenlosen Horden im Frühling instinktiv auf den Weg zum Meer machten, dabei die Wiesen und Weiden kahl frassen, um dann den kollektiven Selbstmord zu begehen, indem sie sich ins Meer stürzten, um darin jämmerlich zu ertrinken.

„Wie soll das gehen?", fragte Rizzo in die Stille, die vorherrschte, nachdem Aldo mit seiner Geschichte geendet hatte. „Warum sollten sie das tun? Aldo, was erzählst du uns wieder für Märchen? Woher hast du bloss diese bescheuerte Geschichte!"

„Aus einem dicken Buch, in dem lauter solcher Sachen stehen. Ich habe das Buch von Pater Alfonso gekriegt. Er sagte, ich soll darin lesen."

„Wahrscheinlich mit dem Hintergedanken, dass du, wenn du liest, Raffaela nicht belästigen kannst." Rizzo konnte sich an dem Gedanken nicht sattsehen: Der verblödete Aldo Vazonetti beim Bücherlesen. Mimmo räusperte sich und schaute auf Aldo.

„Was, oder wer bringt die Tiere dazu, diese Sache zu tun? Steht das auch in deinem klugen Buch? Ich meine, die müssen doch einen

Grund haben, sich so zu verhalten."

„Das habe ich Pater Alfonso auch gefragt…"

„Und, was meinte der Mann der Kirche?" Rizzos Augen funkelten bösartig.

„Er sagte so etwas wie, dass es dem Herrgott sein Wille sei…"

„Blödsinn! Vazonetti, du kannst doch gar nicht lesen. Du kannst nicht einmal richtig zuhören, wenn dir jemand etwas erzählt. Du bist ein Angeber, der nur Halbwahrheiten nachplappert. Gib mir die Weinflasche! Sonst erschiesst du dich nachher noch selbst. Obwohl, das auch kein allzu grosser Schaden wäre!" Mit einer von Bogart geklonten Geste stellte Rizzo sich vor Aldo hin und nahm ihm die Weinflasche weg.

Aus der Ferne hörten sie das Aufheulen einer gequälten Maschine. Hastig angelte jeder nach seinem Gewehr. Rizzo stürzte aus der Tür, um zu sehen, wie der schwarze Wagen von Carmine Levante hinten am Horizont den Berg erklomm.

Als Salvatore wieder aufwachte, war es dunkel. Auf dem Rücken, auf ein paar gefalteten Wachstüchern liegend, betrachtete er das Firmament, an dem sich die Sterne zu ihren Formationen zusammengeschlossen hatten.

Mit einem Blick über die Bordwand begutachtete er die Situation auf dem Meer. Kleine Tranfunzeln, die an den Booten angebracht worden waren, leuchteten an den Abgrenzungen der Netze. Salvatore zündete seine Lampe mit einem Streichholz an und im selben Moment hörte er über das Wasser die Rufe seiner Kollegen. Er meldete sich mit der Parole zurück. Unverzüglich löste sich ein Lämpchen aus der Anordnung und glitt auf ihn zu.

„Kann ich an Bord kommen?", fragte Carlo Vazonetti, sein engster Freund in der Mannschaft.

„Sicher, steig' herüber. Ich halte inzwischen dein Boot!" Salvatore befestigte das Tau an seinem kleinen Schiff und sah dem massigen Carlo beim Klettern zu. Die ganze Familie Vazonetti war gut genährt und beim Betrachten der Familienfotos beschlich einem das ungute Gefühl, dass sie gleich den Rahmen sprengen würden. In Lavana wurde gemunkelt, die Vazonettis wären nicht ganz richtig im Kopf und ihre Verhaltensweise wäre ähnlich dem eines Kindes. Trotzdem hielt Salvatore grosse Stücke auf die Familie, in der Gewissheit, sich immer auf sie verlassen zu können.

Mit einem tiefen Seufzer setzte sich Carlo auf die kleine Bank und wartete, dass die von ihm verursachte Schaukelei des Bootes, endlich zum Stillstand kommen würde.

„Ist dein Besuch aus Amerika noch bei dir?", begann Carlo mit einer Frage die Plauderstunde, die zwangsläufig folgte und als uraltes Ritual unter den Fischern galt. Während sie auf den Fisch warteten, wurde der Ablauf des Jahres Revue passiert. Für die Fischer von Lavana begann die Zeitrechnung des Jahres immer nach der *Mattanza*. Das Geschehene eines Jahres wurde verbal aufbereitet und neu kommentiert.

„Angelo ist mit seiner Familie ins Hotel umgezogen. Er behauptet, er brauche mehr Platz. Ich denke, dass vielmehr die Spitzfindigkeiten von Schwester Marcelina der Grund ihrer Umsiedlung waren."

„Ja, sie kann manchmal sehr liebenswürdig sein." Salvatore schaute Carlo fragend an.

„Wie meinst du das?"

„So, wie ich es gesagt habe. Und Mimmo, was ist mit Mimmo? Ich habe gehört, er will uns auch verlassen?" Carlo bückte sich nach der Weinflasche, die er mitgebracht hatte und die jetzt achtlos auf dem Boden herumkullerte. Der Umfang seines Bauches liess es nur schwer zu, danach zu greifen, vor allem, weil die Flasche sich immer wieder von seiner Hand fortbewegte. Salvatore musste lachen, als er die schwerfälligen Bemühungen seines

Freundes betrachtete.

„So, hast du gehört? Angelo will ihn nach Amerika mitnehmen. Ich halte nichts davon. Den Bruder habe ich schon so verloren, jetzt auch noch meinen Sohn? Wo soll das nur hinführen?"

„Das solltest du dir vorher gut überlegen. Im Nachhinein ist es zu spät, etwas zu verbieten. Die Zeit ist schneller als du. Es gibt kein nächstes Mal. Du musst es ihm jetzt sagen!" Er prostete Salvatore zu.

„Ja doch! Ich werde mit Mimmo darüber sprechen. Die Frage ist nur, wie sage ich einem jungen Mann, dass ich nichts von seiner Idee halte, ohne unkontrollierte Aggressionen auszulösen?"

„Die Frage ist nicht so sehr, wie du es ihm sagst, sondern der Inhalt deiner Worte. Wenn mein Sohn Aldo, was er zwar niemals tun würde… also, wenn Aldo seine Familie verlassen wollen würde, dann würde ich ihm Folgendes sagen…"

„Parole! Parole!", rief *Ràisi* Alberto Socci über das Wasser. Reihum wurde die Parole weitergegeben. Als die Beantwortung bei Salvatore lag, schrie Carlo irgendwelche chaotischen Worte übers Meer.

„He dahinten! Was ist los mit dir? Reiss dich zusammen! Die Parole!"

„Ich ärgere ihn halt zu gerne. Er regt sich immer so herrlich auf, findest du nicht?" Carlo rief das richtige Wort an den Comandante. „Wo war ich stehengeblieben..., ach ja, ich wollte dir von meiner Überzeugungsarbeit an meinem Sohn erzählen. Also, ich würde ihm sagen: Es ist dein Leben und du hast nur das Eine. Mach das Beste daraus. Und, wenn das nur in Amerika geht, dann eben dort. Ist doch egal, wie und wo du zu deinem Glück findest, basta! Das würde ich ihm sagen."

„Du hast gut reden, dein Sohn ist es ja nicht, der uns verlassen will. Teresa wird mir die Hölle heiss machen, wenn ich auf ihre Fragen keine glaubwürdigen Antworten finde."

„Und dein Bruder Angelo? Hat der keine Meinung dazu? Er ist es doch, der den Jungen mit nach Amerika nehmen will. Soll er sich doch um die Fragen seiner Schwägerin kümmern."

„Das sagt sich so leicht. Teresa will nicht die Ansichten von Angelo wissen, sondern wie ich die Zukunft ohne unseren Sohn bewerkstelligen will. Er ist unsere Gegenwarts- und Altersvorsorge zugleich. Piana wird irgendwann mal heiraten und was aus Pietro werden soll, steht in den Sternen. Mimmo, als der Älteste, wurde dazu auserkoren, uns die alten Tage zu versüssen."

„Wie ich gehört habe, hat Mimmo auch eine Freundin? Aldo meinte, sie würde sehr gut aussehen. Zu gut, um treu zu sein, um sich mit seinen Worten auszudrücken. Hat er sich dazu schon geäussert, wie er mit ihr verfahren will?"

„Sie erwartet ein Kind von ihm!"

„Teufel und eins!" Carlo tat erschrocken.

„Wie er sich aus dieser delikaten Angelegenheit heraus manövrieren will, ist mir allerdings schleierhaft. Aber vielleicht heiraten sie ja und er vergisst die Amerikareise."

Leichter, ablandiger Wind liess ihr Boot im Kreis drehen, einen Tanz um die eigene Achse vollführen, gelenkt vom Ankerseil. Salvatore starrte auf einen Punkt an Carlos Bauch, fast schien es so, als wollte er mit dem einen Auge durch ihn hindurch blicken. Irritiert beobachtete er anschliessend die Wasseroberfläche, wie der Wellenschlag zunahm, sich über den Netzen die schwarzgraue Masse zu kräuseln begann. Sollte der Fisch, nach seiner langen Reise vom hohen Norden, nach unzähligen Abenteuern, nach etlichen Attacken auf sein Leben etwa schon am Laichplatz angelangt sein?

Der kleine Lancia Aprilia von Carmine Levante fuhr in geringer Entfernung mit aufheu-

lendem Motor auf sie zu. Rizzo Cappoli brüllte Befehle, die keiner verstand, etwas, das alles
heissen konnte, aber von seinen Begleitern als
Angriffszeichen gedeutet wurde. Darauf
stürmten sie mit den Gewehren im Anschlag
los. Raus aus der Hütte, rauf auf die Strasse.
Breitbeinig standen Rizzo, Mimmo und der
Dicke Aldo vor dem Auto und feuerten tödli-
ches Schrot durch die spiegelnde Windschutzscheibe. Der Lärm, den die Gewehre beim Ab-
feuern der Munition verursachten, zerriss die
trockene Stille, liess Krähen mit bösartigem
Geschrei hoch in die Lüfte aufsteigen und
Schafe, die sich aus Angst zu Horden zusam-
menrotteten, im Crescendo blöken.

Glas zerbarst, zersprang in belanglose Teil-
chen und gab den Blick ins Innere des Autos
frei. Der Kopf des Mannes am Steuerrad war
durch die Wucht des Kugelhagels nach hinten
gekippt. Blut, wie aus tausend Nadelstichen,
lief ihm über den Hals und verschwand unter
dem Kragen seines Hemdes. Rizzo wagte sich
als Erster an das Fahrzeug heran, öffnete mit
zitternden Fingern die Tür, blickte ratlos auf
Mimmo und Aldo und begann, abartig zu fluchen.

„Scheisse, wer ist dieses Arschloch? Wer ist
so bescheuert und traut sich, die Blechdose
eines Todgeweihten zu kutschieren?" Er

schlug den Gewehrkolben mit irrem Lachen aufs Autodach, wodurch sich die Räder, auf der abschüssigen Strasse, zu drehen begannen, immer schneller wurden und rückwärts den Berg hinunterrasten. Mit einem metallischen Krachen, das sich in dieser Gegend wie ein Donnerschlag anhörte, schlug der Wagen gegen einen Felsen. Paralysiert blickten sie auf den schwarzen Fleck, der in der Sonne glänzend ein paar hundert Meter von ihnen entfernt gestrandet war. Ohne das Kommando der Anderen abzuwarten, eilten sie los, stoben über das Geröll der Naturstrasse auf den Punkt der Erkenntnis zu. Rizzo traf erneut als Erster beim Wrack ein, malträtierte, aus Wut und Zuhilfenahme seines beachtlichen Repertoires an Flüchen, mit seinen derben Stiefeln das verbogene Blech. Mimmo kam zögerlich in die Nähe von Rizzo, spähte über seine Schulter und sah den Inhalt des Wagens als Momentaufnahme. Bild um Bild reihte sich aneinander, um dann, buchstäblich, aus dem Zusammenhang gerissen zu werden, um danach wie Memory - Bilder durch Mimmos Gehirnwindungen zu toben und am Ende als Gesamtbild von Angelo anzuhalten. Das Bild vom Gesicht des Erschossenen blieb haften, traf Mimmo wie einen Faustschlag, seine Knie wurden weich, die Beine versagten ihren

Dienst, der Körper geriet ins Wanken und er verlor seinen Halt. Er fand sich auf dem Boden liegend vor, benommen, im Bewusstsein des Geschehens war der Faden gerissen.

„Was ist mit Levante? Lebt er noch?" Aldo durch seine Körperfülle benachteiligt, schnaufte als letzter auf Rizzo zu.

„Begreif doch endlich, es ist nicht Levante! Du Trottel hast den Falschen erschossen!"

„Was?" Er schob Rizzo zur Seite und glotzte in das Antlitz eines Fremden. „Wer ist das? Ich erkenne ihn nicht. Weisst du, wer das ist, Mimmo? Mimmo, wo bist du?" Aldo drehte sich nach seinem Kumpanen um, konnte ihn aber nirgends entdecken, bis ihn Rizzo mit dem Gewehr anstiess und auf Mimmo zeigte, der hinter dem Trümmerhaufen auf der Erde lag.

„Mimmo, was ist mit dir? Kennst du diesen Mann?" Vazonetti kam um das Auto herum und sah in das entrückte Gesicht von Mimmo.

„Was habe ich getan…?", war die Antwort auf Vazonettis Frage.

„Nun komm schon, wer ist der Kerl in Carmines Wagen?", wollte Rizzo wissen.

„Angelo Grimaldi! Mein Onkel aus Amerika…"

„Und wie kommt er in Levantes Auto?" Entgeistert schaute er auf Mimmo.

„Ich weiss es doch auch nicht. Ich kann das nicht verstehen. Was habe ich bloss getan…?" Diese Frage brannte sich förmlich in sein Gehirn.

„Vielleicht lebt er ja noch?" Aldo kletterte zu den Überresten des Autos hoch, begutachtete den Leichnam und kam zu der wenig überraschenden Überzeugung, dass, wenn jemand so aussah wie der Mann im Wagen, er tot sein musste. „Was nun?"

„Was wohl?! Verschwinden und zwar plötzlich. Ich hol' die Karre. Haltet euch bereit!" Rizzo sprintete den Berg hinauf und kam wenig später mit dem knatternden Gefährt zurück. „Los, aufspringen, macht schon, dass wir von hier wegkommen!"

Mimmo wusste nicht, wie er auf die Ladebrücke des Kleintransporters gekommen war. Er lag auf dem Bauch, das zerschossene Gesicht seines Onkels vor Augen und kotzte alternierend Käse und Wein auf die Holzbohlen. Aus der Kabine hörte er das Gezänk zwischen Aldo und Rizzo, Feindschaften, die aufgebaut wurden und die verschiedensten Schuldzuweisungen an die Adresse des jeweilig Anderen. Mimmo setzte sich auf, lehnte sich mit dem Rücken an die Kabinenwand, griff nach dem Gewehr und starrte in die beiden Öffnungen am stählernen Lauf. Die Tränen wurden vom Fahrtwind über das Gesicht gewischt, hinterliessen Spuren in der verdreckten und von Erbrochenem gezeichneten Haut. Rizzo fuhr wie ein Berserker, zeitweise nur auf zwei Rädern, kurz vor dem Umkippen, die abfallende Strasse ins Tal hinunter. Irgendwann in den nachfolgenden Serpentinen drückte Mimmo auf den Abzug.

Angelo stand vor dem Hotel und wartete auf Carmine Levante. Die noble Geste, ihm sein Auto für einen Ausflug in die Berge zu leihen, hatte er bei der Verabschiedung nach dem Fest geäussert. Seine Familie hatte wenig Interesse gezeigt, ihn bei seinen Erkundigungen zu begleiten. Beverly und die Kinder hatten mit Bestürzung auf seine Anfrage geantwortet und hatten alleine die Tatsache bei dieser Hitze in ein Auto zu steigen für verrückt gehalten. Und im Übrigen hätte jeder von ihnen das Tagesprogramm längst schon gemacht, er sollte doch lieber alleine die Wüste in den Bergen besuchen. Einen kurzen Augenblick lang beschäftigte Angelo der Gedanke, dass Beverly ihn womöglich loshaben wollte, ein Gefühl, dass er ihr in ihrem Tun im Weg stand, sie behinderte. Er verwarf den Gedanken aber sogleich wieder ins Absurde und das Vertrauen nach all den Jahren obsiegte. Angelo startete den Kleinwagen, drückte den ersten Gang in die offene Schaltkulisse und nahm den Anstieg in die Berge unter die Räder. Levantes hämischer Gesichtsausdruck bei der Schlüsselübergabe blieb als letzter Eindruck in seinem Gehirn haften. Wieder überkam ihn das ungute Gefühl der Abschiebung, des Loswerdenwollens und nicht Gebrauchtwerdens. Angelo konzentrierte sich auf die Umgebung, fasste den einen oder anderen Punkt ins Auge und verband sie mit längst Vergangenem, Unwiederbringlichem.

Verwitterte Zeitzeugen am Rande der Fahrbahn liessen vergessene Erinnerungen in ihm hochsteigen. Nach einer halben Stunde Fahrt hatte er sein Hemd schon völlig durchgeschwitzt. Er beschloss, anzuhalten, sich die Hemdsärmel aufzukrempeln und mit dem Taschentuch sein Gesicht zu trocknen. Die Strasse stieg steil an, schmal und unübersichtlich aus dem Fels gehauen, wie an den Hang geklebt, nirgends eine Möglichkeit stehen zu bleiben. Er begann, innerlich zu fluchen und entlud seine Aggressionen auf den kleinen Motor, der darüber gequält aufheulte und drohte, den Dienst aufgrund Überhitzung zu quittieren. Wie aus dem Nichts tauchten vor ihm plötzlich drei Gestalten auf, hielten Waffen auf die Windschutzscheibe gerichtet und für einen kurzen Moment glaubte er, das Gesicht von Mimmo zu erkennen. Angelo wollte winken, den törichten Versuch unternehmen, sich erkenntlich zu machen, als ein Blitz, aus dem ersten Lauf der drei Waffen, ihn im Ansatz stoppte. Für die Sekunde eines Wimpernschlags hatte die Angst ein Gesicht in der Form von doppelläufigen Schrotflinten, die auf ihn gerichtet waren. Angelo starb im Kugelhagel der Flinten, verblutete in der Gewissheit, von Mimmo tödlich getroffen worden zu sein und in der Überzeugung, dass niemand das Böse wählt, weil es böse ist, sondern weil er es für das Glück hält, das er sucht.

Einige Serpentinen weiter unten, im Hotelzimmer von Angelo, fanden sich die Blicke von Carmine und Beverly. Ohne Worte verständigten sie sich nur mit der törichten Gestik Lustbesessener, die dem albernen Instinkt folgend, ihre Körper in dem Moment vereinigten, als bei Angelo das erste Blei die Windschutzscheibe zerfetzte und anschliessend seinen Schädel spaltete. Carmine Levante hatte sein Ziel, sich Beverly gefügig zu machen, erreicht. Er, der nach Plan jetzt hoch oben in den Bergen in seinem Auto verbluten hätte müssen, suhlte sich in den Armen seiner Auserkorenen. Carmine fand sich unwiderstehlich.

Ohne Zweifel hatte er beim weiblichen Geschlecht gute Karten, die er auch weidlich ausnutzte. Was mit den Gefühlen seiner jeweiligen Gespielin passierte, interessierte ihn herzlich wenig.

Beverly schluchzte gerade herzerweichend in ihr Kissen, während Carmine sich seelenruhig die Kleider vom Stuhl angelte und sich mit dem Anziehen beschäftigte. Dabei murmelte er dauernd Worte vor sich hin, die in einem ungeübten Ohr, das dem sizilianischen Dialekt nicht mächtig war, nach einer Gebetslitanei klangen. Aber in Wirklichkeit ein ungeheures Mass an Ausdrücken in einer Fäkalsprache waren, die an Beverly gerichtet, seine momentanen Emotionen kundtaten. Beverly dachte wirklich, dass er betete und sich für sein frevelhaftes Tun eine Absolution im Himmel holte. Wie wenig sie ihn doch kannte. Wie konnte sie auf den stupiden Gedanken kommen ein Carmine Levante kümmere sich um sein Seelenheil.

Nun stand er angezogen vor dem Bett und starrte Beverly, die den Eindruck hatte, als läge Feindseligkeit in seinen Augen, auf sie herunter. Dann suchte er ein Stück Papier, kritzelte ein paar Worte darauf und legte es auf die Bettdecke.

„Gib das deinem Mann!" Als er bemerkte,

dass sie ihn nicht verstand, „für A-n-g-e-l-o…", sagte er und betonte jeden Buchstaben einzeln. Die Grimassen, die er dabei schnitt, liess Beverly in hohles Gelächter ausbrechen, aber sie nickte als Zustimmung. Carmine schleuderte noch einige Gemeinheiten an ihre Adresse und verschwand aus dem Hotelzimmer.

Baronessa Lindalona betrachtete im Schatten der Obstbäume intensiv ihre Kulturen im Schlosspark, als sie das Knirschen von Schuhen über den Kiesweg vernahm. Minuten später standen zweifarbige Schuhe vor ihr. Der Träger begrüsste sie mit gehauchten Küssen auf die jungfräulich blassen Wangen.

„Es ist vollbracht. Zu dieser Stunde stirbt unser Feind. Er ist auf dem direkten Weg in die Hölle!"

Die Baronessa schlug ein halbes Dutzend Kreuze in rascher Folge auf ihre schmale Brust, seufzte tief Luft holend und umarmte ihren Sohn.

„Der Herr sei ihm gnädig…", sagte sie und rückte mit fahrigen Bewegungen ihren beigefarbenen Strohhut, der sie vor der Sonne schützen sollte, zurecht und meinte beiläufig: „…übrigens, die Schädlinge sind auch in meinem Obst. Würdest du demnächst deine

Freunde bitten, sich ihrer anzunehmen?"

„Die Schädlinge sind überall, Mutter. Ich bekämpfe sie so gut ich kann, aber ich glaube kaum, dass meine Komplizen gegen diese Art von Übeltäter etwas ausrichten können."

„Du bist ein guter Sohn. Geh' jetzt, geh zu deinem Vater. Er wartet schon sehnsüchtig auf dich." Die Baronessa wandte sich wieder ihren Obstbäumen zu.

Wie immer, wenn er die Türe zu dem Raum öffnete, drang ein Hauch von Verwesung in seine Nase. Jahrelang abgestandener Weihrauch, der sich in das Mauerwerk eingeätzt hatte und sich mit dem feuchten Moder paarte, ähnlich dem Geruch einer alten Kirche. Angespannt betrachtete er, im Türrahmen stehend, das halbdunkle Zimmer. Die schweren, purpurfarbenen Samtvorhänge mit Kordeln, so dick, dass man damit mühelos jeden Stier zum Markt hätte führen können. Weit hinten stand das Bett, in dem ein Mensch, nur das Haupt ersichtlich, wie aufgebahrt und für den Sarg hergerichtet, lag. Der Mann erschrak, klapperte mit seinen lederbesohlten Schuhen in das Zimmer und suchte im Gesicht seines Vaters nach Lebenszeichen.

„Ach, du bist es, mein Sohn?" Die Stimme klang brüchig, befremdlich für einen Mann, der über Leben und Tod befahl. Aus Augen, die tief in den Höhlen vergraben lagen, ohne den Glanz und das Feuer vergangener Tage, versuchte der alte Herr, einen Blick auf seinen Erben zu erhaschen. Seine Lippen formten Worte, deren Bedeutung der Mann mit den zweifarbigen Schuhen längst wusste.

„Der Auftrag ist erledigt, Vater!", sagte der Jüngere ohne Emotionen und erzeugte beim Älteren ein kleines Aufflackern der trüben Augen. Sein Gehabe deutete darauf hin, dass er nur auf diese eine Nachricht gewartet hatte.

„Um einen letzten Gefallen bitte ich dich noch. Bringe mir Pater Alfonso." Worte, die gequält aus dem Mund des Sterbenden kamen. „Schnell, es bleibt uns nicht mehr viel Zeit."

„Aber?"

„Lauf, mein Junge…, lauf!" Der Kopf fiel auf die Seite, angestrengtes Atmen drang aus seinen Lungen.

Der Sohn rief nach seiner Mutter, laut und gebieterisch. Als seine Rufe kein Gehör fanden, stürzte er in den Garten und entdeckte die Gesuchte beim Unkraut jäten.

„Mutter! Vater stirbt! Ich hole Pater Alfonso. Geh du zu ihm, schnell!"

Die Ledersohlen lärmten auf dem Asphalt, sie drängten ihn und es schien beinahe so, als wollten sie ihn selbst überholen, als er in die

Nähe der Kirche kam. Die letzten Meter bis zum Pfarrhaus, ein kräftiges Durchschnaufen, eine letzte Biegung und er stand vor... Carmine Levante!

Donna Luisa, die vor dem Kino im Schaukasten das vielfarbige Bild zweier Verliebten studierte, sich dabei Gedanken über ihre eigene grosse Liebe machte, wurde durch das dreirädrige Gefährt mit der Aufschrift des Gemüsehändlers und den wild gestikulierenden Insassen aufgeschreckt. Sie war erstaunt darüber, dass Gemüse in diesem Eiltempo geliefert werden musste. Da sie nicht ahnen konnte, in welchem Dilemma die Benutzer des Gefährts waren, deutete sie die Gestik demzufolge falsch.

Rizzo und Aldo stritten wie zu Beginn der Talfahrt, während Mimmo darüber haderte, dass keine Munition mehr vorhanden gewesen war und sich deshalb kein Schuss gelöst hatte, der ihn von der Bürde der Übeltat befreit hätte. Rizzo lenkte sein Vehikel hart an den Bordstein, schlug laut schimpfend das Stück Blech hinter sich zu und rannte in den Gemüseladen seines Vaters, während Mimmo sich von der Ladebrücke schlich und Aldo in der Fahrerkabine brütend vor sich hinstarrte.

Mimmo rannte zum Meer hinunter und

hastete über den kargen Sand auf ein kleines Ruderboot zu. Wütend riss er die Eisenstange, die dem Boot als Verankerung diente, aus dem Boden und liess es zu Wasser. Er legte alle Wut über das Vergangene, den Schmerz und die Trauer in die Riemen, pullte wie ein Berserker über das Wasser und verschwand im offenen Meer.

Aldo wurde von Donna Luisa aus der Gedankenwelt gerissen, als diese plötzlich vor seinem Gesichtsfeld auftauchte und ihn zu beschimpfen begann.

„Was seid ihr bloss für Rüpel?! Fährt man so über eine Kreuzung? Ihr solltet euch was schämen, eine alte Frau so zu erschrecken!", keifte sie den verdatterten Aldo an. Dieser wusste nicht, wie ihm geschah, sah zuerst nur in das Gesicht der alten Frau, sah, wie sich ihre dünnen, strichartigen Lippen bewegten, konnte aber nichts von dem Wortlaut verstehen und versuchte, sich aus seiner Zwangslage zu befreien. Er stiess die Türe des Vehikels brüsk auf, traf dabei zufällig Donna Luisa am Knie, was einen riesigen Aufschrei der Besagten zur Folge hatte, trat auf den Gehsteig und stammelte unzusammenhängende Worte über einen Unfall. Durch das Gebrüll von Donna Luisa, die auf dem Kopfsteinpflaster sass und ihr Knie begutachtete, strömten Menschenmassen zum Schauplatz des Geschehens. Alle redeten durcheinander, versuchten Ratschläge über Verhaltensmassnahmen bei Verletzungen am Knie an den Mann zu bringen und einigten sich schliesslich darauf, die Frau zur Kranken-station von Dottore Cantano zu transportieren. Wie sehr sich Donna Luisa auch dagegen wehrte irgendwohin gebracht zu werden, ihr Protest wurde ignoriert. Fleissige Hände ver-frachteten sie kurzerhand auf den Gemüsewa-gen von Rizzo, wo noch immer Mimmos Hin-terlassenschaft den Boden verunstaltete. Don-na Luisa schrie aufs Neue auf und wurde von den Mittmenschen dahin beruhigt, dass ihr Dottore Cantano bald helfen würde. Ein Teil von ihnen machte sich ernsthafte Gedanken über den Geruch, der von Donna Luisa aus-ging. Sollte die Verletzung doch ein grösseres Ausmass angenommen haben? Mussten sie sich ernsthafte Sorgen über ihren Allgemein-zustand machen?

Rizzo weigerte sich standhaft, die zänkische Donna Luisa zum Dottore zu fahren. Ein lan-ger Disput zwischen Vater und Sohn über die Transportfrage folgte und wurde dadurch ge-löst, dass Pipo sich, unter dem Applaus der Zuschauer, ans Steuer setzte. Ein Carabiniere tauchte aus der Menge auf und begann, Aldo über den Zwischenfall zu vernehmen.

Mimmo wusste nicht, wo er sich befand. Seine Arme hingen schlaff am Körper herab, ausgelaugt vom vielen Rudern lag er auf dem Rücken am Boden des kleinen Bootes und versuchte, sich die letzten Stunden ins Gedächtnis zu rufen. Unter seiner Haut brannte ein Feuer, das drohte, ihn zu vernichten. Wie von einem Brandeisen, das die Haut der Tiere versengt, malträtierte ihn die Schmach und liess ihn mehrfach den Tod seines Onkels sterben. Wohin er auch versuchte, seine Gedanken zu lenken, wie sehr er sich dagegen aufbegehrte, die Bilder seiner Untat hatten sich in seinem Gehirn festgebrannt und liessen ihn am Leben zweifeln. Als er sich aufraffte und über den Bootsrand blickte, seine Augen nichts als eine Wasserwüste vorfanden, wusste Mimmo, dass die Stunde seiner Sühne gekommen war. Er wollte den Weg eines Märtyrers gehen, sich für seine Tat kasteien und in einem Feuerwerk an Emotionen aus dem Leben scheiden.

Alles in seinem Dasein war jetzt plötzlich nicht mehr von Bedeutung. Der Mann mit den zweifarbigen Schuhen, der zum Tode verurteilte Carmine Levante, das Geld, das er für den Meuchelmord bekommen hätte. Einzig der Gedanke an Raffaela versetzte Mimmo noch kleine Stiche in die Herzgegend. Hämisch grinsend stellte er sie sich vor, wie sie ohne ihn ihre Probleme bewältigen musste. Eine innere Befriedigung machte sich breit, versetzte Mimmo für kurze Zeit in einen Glücksrausch und brachte ihn dazu, lauthals über sich und seine Situation, in die er sich gebracht hatte, zu lachen. Und dann brach urplötzlich alles über ihm zusammen. Er dachte an seine Zukunft in Amerika, die jetzt ohne ihn stattfinden würde, an Mutter, die mit dem Essen auf ihn wartete… Bei diesem Gedanken verstärkte sich das flaue Gefühl im Magen, das er seit Stunden in sich trug, noch mehr und er dachte an den Tod. Mimmo weinte hemmungslos, brüllte seine Angst zornig über das Meer und verfluchte den Tag, der sein Leben zerstört hatte.

Die Mittagssonne brannte unbarmherzig auf das kleine Boot, das dümpelnd, der leichten Strömung folgend, auf dem riesigen Wasserteppich lag. Sein Passagier war unter der extremen Hitze eingeschlafen und wurde von der Sonne wie eine Garnele auf dem Feuer geröstet.

Das spurlose Verschwinden von Mimmo löste im Dorf keine grosse Aufregung aus. Lavana wurde nicht auf den Kopf gestellt. Junge Menschen verschwanden schon mal für kurze

Zeit, um dann mit unschuldiger Miene und fadenscheinigen Erklärungen wieder aufzutauchen. Teresa, als Einzige, war beunruhigt, als ihr Sohn Mimmo nicht zum Mittagessen erschien, vertröstete sich aber mit selbst erfundenen Ausreden über den Verbleib ihres Sohnes. Am späten Nachmittag gab sie ihren unguten Gefühlen nach und begann, nach Mimmo zu suchen. In der Werkstatt war er nicht gesehen worden, schon den ganzen Tag über nicht, was Teresa überhaupt nicht nachvollziehen konnte. Ihr Sohn hätte sie doch davon unterrichtet, wenn er seinen Tagesablauf anders gestaltet hätte, davon war sie überzeugt. Vielleicht wusste ja Raffaela, wo er sich befand?

„Keine Ahnung", war die lapidare Antwort auf Teresas Frage und: „Der wird sich schon wieder einfinden. Keine Angst, Signora Grimaldi, wenn es dunkel wird, ist er wieder zu Hause." Blödes Gekicher der jugendlichen Gäste in der Pasticceria über die Anspielung von Raffaela folgte. Teresa wusste, dass sie vorgeführt wurde. Alberne Scherze von Nichtwissenden begleiteten ihren Abgang. Sie wollte jetzt keine kleinliche Polemik, sinnlose Streitereien mit Freunden von Mimmo vom Zaun brechen, die, und das wusste Teresa ganz genau, doch letztendlich auf ihrer Seite standen. Das nächste Ziel, das sie ansteuerte, um Auskunft über den Verbleib ihres Sohnes zu erhalten, war die Familie Vazonetti. Salvatore sagte immer: „Wenn du ein Problem hast, das du alleine nicht bewältigen kannst, frag die Familie Vazonetti. Ihre Denkweise ist anders, als die vom Rest des Dorfes." Zielstrebig steuerte sie auf das Haus zu, das in einer engen Gasse, in der es nach abgestandenem Kohlenrauch und feuchter Erde roch, stand. Derselbe Geruch stieg ihr aus dem Mauerwerk und dem alten Gebälk entgegen, als sie die Eingangstüre öffnete und sich über ausgetretene Stufen zur Wohnungstür vorarbeitete. Das Treppenhaus war vollgestellt mit Gerümpel aller Art, das irgendwer dort abgelegt und im Laufe der Zeit einfach vergessen hatte. Teresa warf noch einen letzten Blick hinter sich, bevor ihr Finger den Klingelknopf berührte. Signora Vazonetti begrüsste sie überschwänglich, so als ob Teresa ihre Schwester oder sonst eine Verwandte gewesen wäre, die sie über längere Zeit nicht mehr gesehen hatte. Sie tat ihre Freudenbezeugung mit so viel Enthusiasmus kund, dass es Teresa richtig peinlich wurde und sie, ohne weitere Einladung, in die Wohnung stürmte, was Signora Vazonetti mit weiteren euphorisch gehaltenen Bemerkungen kommentierte.

Ihr nächster Gedanke war Pater Alfonso, nachdem sich Signora Vazonettis dilettantische Versuche über Mimmos Verbleib Auskunft zu geben in Luft aufgelöst hatten. Ihre Gefühle balancierten zwischen Geborgenheit und Beklemmung. Mimmos Verschwinden bildete ein Rätsel, das zu lösen, hoffte sie in einem Gespräch mit dem Pater. Irgendwo blitzte ein Sonnenstrahl zwischen den Dächern auf sie herab, wie ein Licht aus einer Wunderwelt. Sie dachte an ein Zeichen der verehrten Donna del Lume, einem Wink von oben. Sogleich fühlte sie sich besser und gab ihren kurzen Beinen den Befehl, ein höheres Tempo anzuschlagen. Als Teresa bei dem kleinen Gemüseladen von Pipo vorbeikam, hörte sie es zum ersten Mal und dann noch einmal auf der Piazza Communale. Etwas Unglaubliches schien passiert zu sein. Carmine Levante lag angeblich tot in den Bergen, eingeklemmt in seinem Auto.

Teresa hatte Carmine Levante nie gemocht. Die abrupte Abreise ihres Schwagers Angelo nach Amerika, dazwischen der Auszug von Salvatore aus seiner Firma del Pesce und der alberne Auftritt am Willkommensfest, wo er sich an Beverly herangemacht hatte, ohne sich um die Gefühle von Angelo zu kümmern. All das machte ihn bei ihr nicht sonderlich sympathisch. Sein Tod löste bei Teresa keine Gefühle der Trauer oder des Entsetzens aus, im Gegenteil, es berührte sie nicht. In einem Gewirr aus schmalen, oft steilen Gassen mit vielen Treppen, gelangte sie bei der Kirche an. Auf dem obersten Absatz blieb ihr fast das Herz stehen, nicht aus Anstrengung über das Treppensteigen, sondern weil sie der totgeglaubte Carmine Levante, putzmunter und ohne sichtbare Zeichen einer Verletzung, aufs Herzlichste begrüsste.

Es war nicht der Fisch, der die Wellen kräuseln liess. Der ablandige Wind spielte mit dem Wasser und versetzte die Strömung in alle Richtungen. Die *Stadt* auf dem Meeresgrund wälzte sich hin und her und täuschte so eine Bewohnung vor. Salvatore legte sich auf den Bauch und beobachtete mit einem kleinen Kübel, dessen Boden er herausgeschnitten und mit einer Glasscheibe versehen hatte, die Netze, wie sie sich wallend aufeinander zu bewegten und dann wieder voneinander abliessen. Die *Tonnara* war leer, kein Thunfisch, der sich darin tummelte, keine anderen Meeresbewohner, die sich in die Netze verirrt hatten. Jahr für Jahr harrten Salvatore und seine Gefährten auf den Fisch und jedes Jahr war es immer um dieselbe Zeit, an dem der grosse

Fisch seinen silberglänzenden Bauch, millimetergenau um die vorgelagerten Riffs an der Südspitze von Sizilien vorbeizwängte. Die Zeit der Befruchtung näherte sich dem Höhepunkt und die Suche nach dem geeigneten Ort zum Laichen, für den sie immer denselben Weg zurücklegten, war jetzt. Aber wo blieben sie?

„Was zum Teufel ist mit den Tieren los? Wo bleiben sie?", brüllte Salvatore über das Meer, in einem Gefühl der Angst, um seine Arbeit betrogen zu werden.

„Lass es gut sein, Salvatore! Der Fisch wird schon kommen!", schrie Carlo ihm über das Wasser hin zu, um dann leiser, zu sich selbst zu sagen: „Wie jedes Jahr!"

Wo waren die Zeiten, als die Fischer von Lavana nach der *Mattanza* mit unzähligen Fischen in den Hafen eingelaufen waren? Wo waren die Schwärme, die den Lockrufen der Natur folgend, in den Gewässern von Lavana auftauchten, um als Hauptakteure und Opfer zugleich, dem Unternehmen *Mattanza* zu dienen. Salvatore schüttelte sein Haupt, zog die Schultern hoch und drehte die Handflächen nach aussen und gab damit zu verstehen, dass es nicht an ihm liege, wenn der Kampf mit dem Tier dieses Jahr eben etwas später stattfinden sollte.

Er legte sich wieder auf den Boden des, mit

flachem Kiel ausgestatteten, Bootes. Die Sonne warf lange Schatten und eine leichte Brise strich über sein, mit Bartstoppeln übersätes Gesicht. Wieder eine Nacht, die mit Warten auf den Fisch zugebracht werden musste. Und wieder eine Nacht, die er mit Gedanken über sein Leben verbrachte, das immer wieder in derselben Situation endete, in der er sich zurzeit befand, in der eines *Tonnaroti*. Das Ritual auf dem Meer, der Todeskampf der Tiere, ein Szenario der Vollendung, ein Meisterwerk des Fischfangs, eine uralte Tradition, die schon von Generationen vor ihm und nicht nur zum Zweck des Broterwerbs ausgeführt worden war.

Salvatore liebte es, dem König der Thunfische bei seinem Ritual zuzusehen. Von seinem Liebesleben erschöpft, also zu einem Zeitpunkt, an dem er besonders anpassungsfähig galt, tummelte er sich zwischen den Netzen, oder verweilte als geschmeidiger, schneller silbriger Schatten in den Untiefen des Meeres. Kein mythisch wildes Tier, wie der Delphin, kein biblisches Ungeheuer wie der Wal des Jonas, sondern ein Fisch, der dazu ausersehen war, ganz und gar verzehrt zu werden.

Dann dachte Salvatore an seine Familie, mit der er sich, wie er empfand, im Kreis drehte. Das Bild von Mimmo in seiner Verletzlichkeit, das an Intensität zunahm, sich immer häufiger in sein Bewusstsein drängte. Er, der aus dem Schema ausbrach und den Beruf eines *Tonnaroti* – der vom Vater auf den Sohn überging – ignorierte.

Salvatore tat einen tiefen, langen Seufzer. Ihm war nicht wohl dabei, wenn er sich bei Gedanken ertappte, die der Familie Schaden zufügen könnten. Sein Blick wanderte über den Bootsrand in die Richtung, in der sein Haus stand und Wehmut umfasste sein Herz. Er versuchte, seinen Gedanken eine andere Wendung zu geben und zwang sich, an etwas völlig Belangloses zu denken. Ein Boot legte sanft an dem seinen an und Salvatore wurde aus seinen Gedanken gerissen.

„Was denn… du schon wieder?"

„Ich wollte nur nach dir sehen." Carlo sass grinsend vor ihm in seinem Boot. „Nicht, dass du mir vor Kummer noch eingehst, so alleine auf dem Wasser."

„Na los, komm schon rüber…"

„Keine Zeit, ich muss Essen verteilen. Hier, deine Ration." Er hielt Salvatore einen Stoffbeutel hin.

„So eilig wird es ja nicht sein, dass wir nicht einmal miteinander reden können."

„Hast du an etwas Bestimmtes gedacht? Doch nicht etwa an den König von Sizilien, der ein Faible für exakte Forschung hatte und wissen wollte, was für den Menschen zuträglicher wäre – Bewegung oder Ruhe?"

„Wen meinst du damit? Doch nicht etwa mich?" Salvatore war vieles an Unsinnigem gewohnt, was ihn aber zu dieser Frage bewog, konnte er nicht nachvollziehen.

„Nein, Friedrich den Zweiten, ehemals König von Sizilien. Er liess zwei Männer das Gleiche essen, schickte den einen jagen und den anderen schlafen. Danach wurde ihnen, von den Ärzten des Königs, die Mägen aufgeschnitten. Der Befund war ganz im Sinne des Volkes." Carlo packte das Ruder fest mit beiden Händen und machte sich zum nächsten Boot davon.

Salvatore wusste nicht, was er davon halten sollte. Er lag doch sowieso schon die ganze Zeit, mehr oder weniger, im Boot herum, also Ruhe genug. Ein bisschen Bewegung hätte ihm nicht geschadet. Wo blieb der Fisch nur so lange?

Aldo Vazonetti war nach dem ungeheuerlichen Geschehenen immer noch wie in Trance. Da war ein Carabiniere, der neben ihm stand und mit furchteinflössenden Gebärden versuchte, über den Hergang des Unfalls genauere Informationen zu erhalten. Aldo hatte keine

Ahnung was er von ihm wollte, ebenso wenig, wieso man Donna Luisa auf den Gemüsekarren gehoben und unter dem Beifall der Herumstehenden abtransportiert hatte. Der Ablauf seiner Gedankengänge war irgendwo, hoch oben im Gebirge, stecken geblieben. Seine Augen sahen immer noch das Auto mit dem toten Insassen, sie hinkten einer realitätsbezogenen Auffassung deutlich hinterher. Der Versuch, Rizzos Gesicht in der Menge zu entdecken, blieb erfolglos. Vielleicht liess sich Mimmo ausfindig machen, aber auch der schien wie vom Erdboden verschluckt. Aldo fasste den Gedanken, zu Pater Alfonso zu gehen, ihn um Rat zu fragen, selbst auf die Gefahr hin, wieder geohrfeigt zu werden.

„Was ist denn heute los?", empfing dieser Aldo in der Sakristei. „Alle fünf Minuten trudelt hier einer ein und will etwas von mir. Seid ihr alle plötzlich verrückt geworden?" Er streifte sein Ordenskleid über und stürmte zum Ausgang. „Für dich, lieber Aldo, habe ich nun wirklich keine Zeit. Der alte Baron liegt im Sterben. Ich muss schleunigst in den Palazzo." Pater Alfonso drehte sich unter dem Türbogen noch einmal um. „Du kannst aber auf mich warten, um beim Läuten der Totenglocke zu helfen." Dann war er verschwunden.

Aldo ging die steil gewundene Treppe im

Glockenturm hoch und gelangte auf einen Zwischenboden. Ein Gewirr aus verschieden dicken Seilen hing von der Decke herab, deren Enden den Boden berührten. Am anderen Ende der Seile hingen Glocken von mannigfacher Grösse. Aldo, geschult durch mehrmaliges Messeläuten, kannte sich aus und ordnete die Stärke der Seile automatisch den unterschiedlichen Glocken zu. Ohne Bedenken fasste er nach dem Seil, das die Dicke eines Fingers aufwies und begann, ganz unerwartet, daran zu ziehen. Drei Stockwerke höher schlug ein heller, kleiner Ton an, wurde stärker und klang, nachdem Aldo immer wilder an dem Seil zog, wie eine Alarmglocke. Pater Alfonso, auf dem Weg zum Palazzo, fluchte innerlich über den Trottel Aldo, als er das Geläut vernahm. Wie konnte dieser bloss die Totenglocke läuten, wo doch der Baron noch lebte!

„Das wirst du mir büssen, mein lieber Freund. Mindestens zehn Ave Maria und fünf Rosenkränze wirst du beten! Mindestens!", sagte er halblaut und stapfte den Kiesweg zum Palazzo hoch. Aldo dachte nicht an Pater Alfonso und auch nicht an den Palazzo mit dem sterbenden Baron. Er dachte an den Menschen, der durch seine meuchelnde Hand sein Leben lassen musste, ihm galt sein Geläut. Warum hatte er sich bloss auf dieses Abenteuer eingelassen? Carmine Levante zu erschiessen, wäre für ihn nicht weiter schlimm gewesen. Aber einen völlig Fremden, der sich dann auch noch als Onkel von Mimmo offenbarte, das war eine Sache, die er nur schwer verdauen konnte. Aldo dachte an Rizzo, diesen Blödmann. Er war schuld an seinem Dilemma. Abrupt stoppte er das Läuten und liess das Seil los. Genau, Rizzo war an allem schuld. Wer hatte sich andauernd in den Vordergrund gestellt, wer war denn derjenige, der den Befehl zum Schiessen gegeben hatte? Rizzo! Der Gedanke gefiel ihm. Endlich hatte er jemanden gefunden, dem er die Schuld zuweisen konnte. Mimmo traf keine Schuld, er war nur ein Mitläufer wie er und im Übrigen schon genug gestraft durch den Verlust seines Onkels. Aber dieser Rizzo... Aldo stieg vom Turm herab, irgendwie erleichtert, befreit von einer schweren Last und machte sich auf den Weg zu Rizzo.

Gegen Abend wurde die Leiche von einem Schäfer auf dem Weg ins Tal entdeckt. Er machte Meldung bei Carabiniere Luca, den er schon lange kannte und zu dem er Vertrauen hatte. Man konnte in Sizilien nicht einfach in eine Revierstube treten und von einer Leiche, die zufällig am Wegesrand lag, berichten. Die

Gefahr, mit der Cosa Nostra, dem politischen Arm der Mafia, in Verbindung gebracht zu werden und dann als armer Schafhirt, ohne Syndikat, das einem den Rücken freihielt, für lange Zeit in einer Gefängniszelle zu landen, war allgegenwärtig. Carabiniere Luca Giordano dachte an Carmine Levante, der, laut Aussage des Schäfers, eingeklemmt in seinem Wagen sass und darauf wartete, von ihm befreit zu werden. Leichte Übelkeit stieg in ihm hoch, wenn er an den Toten dachte. Er überlegte, wie er sich vor der Verantwortung drücken konnte, bei dunkler Nacht ins Gebirge zu fahren, um diesen Levante zu bergen. Wenn er die Meldung des Hirten erst auf Morgen datieren würde, wäre ihm die verhasste Angelegenheit, jedenfalls bist zum Tagesanbruch, erspart geblieben. Er stand von seinem Stuhl am Schreibtisch auf, um sich sogleich wieder zu setzen.

In die kleine Revierstube von Luca Giordano drängelte sich mit einem Mal eine Unmenge an Menschen und alle hatten dasselbe Anliegen auf dem Herzen. Es hagelte Vermisstmeldungen.

„Nicht alle auf einmal!", schrie er in die um Worte balgende Menge. „Einer nach dem anderen. Zuerst zu dir, Teresa Grimaldi. Die Anderen mögen sich setzen!"

„Wir gehören zusammen", bemerkte Teresa kleinlaut.

„Wirklich? Ihr vermisst also alle die gleiche Person? Doch nicht etwa Carmine Levante." Luca machte sich schon mal Notizen.

„Nein, ich vermisse Mimmo, meinen Sohn. Und meine Schwägerin vermisst ihren Mann, Angelo. Levante interessiert uns nicht. Der steht vor dem Hotel Miramare und sucht seinen Wagen."

„Was denn, noch eine Vermisstenanzeige? Moment, wie war das, Carmine Levante, der Fischhändler?"

„Ja, sag ich doch. Gerade eben, auf dem Weg zum Revier, haben wir ihn gesehen." Teresa fragte sich, warum der Name Levante sie schon den ganzen Tag verfolgte.

„Dann würde mich interessieren, wer in seinem Wagen, hoch oben in den Bergen, sitzt…"

„Was sagst du da?"

„Angelo?" Beverly hatte sich das Gespräch zwischen Teresa und dem Polizisten von ihren Kindern übersetzen lassen und eine böse Vorahnung ergriff sie.

„Was meint sie? Wer ist sie überhaupt? Spricht sie unsere Sprache nicht?" Luca fixierte die Frau, die mitten im Raum stand und sich an zwei Kinder klammerte.

„Wie ich schon sagte, Beverly ist die Frau von Angelo Grimaldi. Sie ist aus Amerika und mit ihrem Mann und den beiden Kindern zurzeit zu Besuch bei uns."

„Aha, Beverly…"

„Was ist mit dem Wagen von Levante? Nun sag schon!", drängelte Teresa und suchte nach einer Antwort in Lucas Augen.

„Ein Schäfer berichtete mir von Levantes Auto, das zerstört in den Bergen liegen soll, in dem sich…", mit einem kurzen Blick auf Beverly, „…ein Geheimnis befindet."

„Was denn für ein Geheimnis? Mach's nicht so spannend, Luca!"

„Ich war gerade auf dem Weg in die Berge. Aber, wie du siehst, bin ich aufgehalten worden, da ich mich um deine Angelegenheit kümmern muss."

„Nimmst du mich mit?"

„Wohl kaum. Das ist eine Amtshandlung. Im Übrigen, glaube ich nicht daran, dass dein Sohn Mimmo etwas mit Levantes Wagen zu tun hat." Er kam hinter seinem Schreibtisch hervor, griff nach der Mütze, die an einem Garderobenhaken hing und versuchte, sich an Teresa, die seine Absichten längst durchschaut hatte, vorbei zu drängeln.

„Wozu die plötzliche Eile? Dein Geheimnis in den Bergen läuft dir schon nicht davon.

Lass uns zuerst nach Mimmo suchen."

„Immer der Reihe nach. Die Meldung des Schäfers von dem Unfallauto war schliesslich zuerst auf meinem Tisch und wird demzufolge auch als erstes bearbeitet."

„Angelo?" Beverly wusste nicht, was um sie herum vor sich ging. Sie plagten schlimme Vorahnungen über den Verbleib ihres Mannes.

„Würdest du dich bitte einmal um deine Schwägerin kümmern? Die erwartet schon längst eine Antwort von dir."

„Ich spreche ihre Sprache nicht. Angelo, ihr Mann oder die Kinder dolmetschen die Fragen."

„Angelo?" Beverly schluchzte auf und ihre Augen füllten sich mit Tränen.

„Da siehst du. Nun haben wir den Salat. Könnte mal jemand der Frau erklären, dass niemand über den Verbleib ihres Gatten etwas weiss, dass ihre Tränen verfrüht sind und wenn wir hier noch lange herumstehen, wir es nie erfahren werden?" Alle starrten im fahlen Neonlicht auf den Polizisten. Seine plötzliche Überreaktion kam unvermutet.

Baronessa Lindalona stand unter der Türe und wies mit besorgter Miene darauf hin, dass er schon längst dringend erwartet wurde. Pater Alfonso schnaufte vielsagend, beeilte sich aber, legte seine Stola um und machte sich bereit, das Ticket für die letzte, entscheidende Reise zu überbringen. Mit Ölkännchen und Kreuz bewaffnet, betrat er den schummrigen Raum, wo er sich zuerst an die Dunkelheit gewöhnen musste, bevor er in der Ecke das Bett stehen sah. Nahe an die Bettstatt tretend, sah er einen Greis mit offenem Mund. Der flachen Atmung entströmte ein Geruch, der direkt aus der Gruft zu kommen schien. Aus den Mundwinkeln tropfte klebriger Speichel, der das, unter seinem Haupt liegende, mit Spitzen verzierte Kissen verunreinigte. Pater Alfonso kniete sich vor das Bett, hielt sein Kreuz über den Sterbenden, murmelte in seiner Amtssprache ein Gebet und griff nach dem Ölkännchen.

„Die Beichte? Würden Sie mir die Beichte abnehmen, Pater Alfonso?" Der Totgeglaubte hatte seine Augen geöffnet und blickte den Angesprochenen bittend an.

„Dem Herrn sein Dank! Ich bin noch nicht zu spät gekommen!", rief der Pater erleichtert aus. „Wir wollen dem Herrgott dafür danken." Er setzte sein Gebet fort.

„Pater Alfonso… so viel Zeit bleibt mir nicht mehr…"

„Verzeihung, legen Sie ihre Beichte ab. Ich höre Ihnen zu." Pater Alfonso ordnete seine

Soutane und konzentrierte sich auf die Worte, die anfangs träge aus dem Mund des Sterbenden flossen:

„Ich möchte Frieden mit meiner Seele machen. Bis vor ein paar Wochen dachte ich, mein Leben wäre in den richtigen Bahnen verlaufen. Doch jetzt weiss ich, ich fühle es in jeder noch lebenden Faser meines Körpers, da ist vieles schief gelaufen. Jetzt wird mir bewusst, dass ich mein Leben dem Teufel gewidmet habe…"

„Aber Herr Baron, an so etwas dürfen Sie jetzt nicht mehr denken."

„Fürchten Sie sich davor, etwas zu hören, was Sie bereits längst wissen?" Die mit Trauer umflorten Augen des Mannes flackerten kurz in ihrer alten Bedrohlichkeit auf. „Wenn ich mich recht erinnere, unterliegt das jetzt Gesagte doch dem Beichtgeheimnis, richtig?"

„Ja. Fahren Sie mit Ihrer Beichte fort."

„Ich habe schon früh meinen Weg verloren und vor lauter Lichter nicht bemerkt, dass es bereits dunkel um mich geworden war, jetzt, wo mir dies bewusst wird, ist es zu spät. Ich habe Menschen befehligt, die dazu abgerichtet waren, anderen Menschen Leid zuzufügen, sie zu bedrohen, sie zu erpressen oder zu ermorden. Mein Anteil an dieser Arbeit bestand darin, hinter Namen, die auf einer Liste standen,

Kreuze zu machen, was so viel wie deren Tod bedeutete. Mein Leben habe ich, genauso wie Sie, mit dem Kreuz verbracht, mit der einen Ausnahme, Sie stehen vor dem Kreuz, ich wohl eher daneben oder dahinter. Ich galt als Ehrenmann, als einer von euch. Aber ich war von Geltungssucht zerfressen, blind vor Machtgier, ein aufgeblasener Geck, der sich ein Denkmal setzen wollte. Nun ist der Augenblick gekommen, da ich vom Sockel gestürzt werde. Dieses Mal werde ich meinen Kopf nicht mehr aus der Schlinge ziehen können, dieses eine Mal wird es mir nicht gelingen. Meine Zeit ist abgelaufen. Jetzt stehe ich dem Tod näher, als jemals zuvor, suche nach Erklärungen für mein Tun und alles, was mir dazu einfällt... Ich habe mein Leben geliebt, auch wenn kein guter Grund dafür spricht."

„Aber Herr Baron, Sie müssen Ihr vergangenes Leben jetzt vergessen, sich auf eine neue Welt vorbereiten und um Gnade betteln, wenn Sie demnächst vor dem Schöpfer stehen."

„Ein Baron Lindalona hat sein ganzes Leben lang nie gebettelt und wird es auch in seiner Todesstunde nicht tun! Ich würde mein Leben, wäre es mir vergönnt, noch einmal genauso leben wie ich es getan habe. Ich bereue nichts, hören Sie? Nichts! Ich brauche auch Ihre pathetische Fürsorge nicht. Ich habe nie an Ihren

Gott geglaubt, auch nicht an Ihre Kirche mit Ihrem peinlichen, alten Mann in Rom. Ich war mir Gott und Kirche zugleich. Mein Name bedeutet Kraft, mein Imperium ist gross, jedenfalls grösser, als Sie es sich in Ihren ängstlichsten Träumen vorstellen können." Der Baron richtete sich mühsam auf, stützte sich auf seinem linken Arm ab und schaute dabei Pater Alfonso hasserfüllt an.

„Warum haben Sie mich dann gerufen, wenn Sie meine Führsprache beim Allmächtigen nicht benötigen?"

„Ich habe gehofft, mein Sohn würde irgendwann mein Erbe antreten. Doch seine erste Aufgabe, diesen miesen Levante ins Jenseits zu befördern, hat er gründlich versaut, stattdessen liegt jetzt ein Fremder tot in den Bergen. Heute kann man sich auf die Jugend nicht mehr verlassen. Sie taugt nicht viel, alles leeres Geschwätz. Ich sehe mich gezwungen, noch ein bisschen zu leben, um weiter Kreuze hinter irgendwelche Menschen zu setzen, von denen ich lediglich den Namen kenne. Um auf Ihre Frage zurückzukommen. Sie zu demütigen, ist eine der letzten Freuden, die ich mir noch erlauben kann. Ihnen zu zeigen, wie Sie mit Ihrer kleinlichen Denkweise Ihr Leben vergeuden, war ein letztes Anliegen. Und noch etwas, kommen Sie meinem Kreuz hinter dem Ihr Namen steht, nie zu nahe, es würde das erste und das letzte Mal zugleich sein." Sein Gesicht verzerrte sich zu einer Fratze, die teuflischer nicht sein konnte. Pater Alfonso raffte seine Utensilien zusammen, stand auf, entlastete seine schmerzenden Knie und entfernte sich zur Tür. Halb im Gehen, drehte er sich noch einmal um, betrachtete den alten Mann, der röchelnd auf dem Bett lag.

„Sie glauben, mit ihrem Willen, den Tod besiegen zu können, Sie Narr. Ihr psychisches Fegefeuer hatten Sie schon auf Erden. Was jetzt auf Sie zukommt, kann nur noch die Hölle sein. Es gibt keinen Menschen, dem ich den Aufenthalt dort mehr gönne, als Ihnen." Demonstrativ hielt Pater Alfonso sein Kreuz in den Raum bevor er aus der Tür trat.

Die Baronessa kam aus der Küche und stellte sich mit der Frage vor ihn hin:

„Pater Alfonso, konnten Sie ihn noch bei Bewusstsein segnen?"

„Ich glaube nicht, dass Ihr Gatte grossen Wert auf weltlichen Segen legt. Was im Jenseits mit ihm passieren wird, für das werden wir viel beten müssen." Er liess eine verdutzte Baronin, ohne Verabschiedung stehen. Unter Pater Alfonso's Schuhen knirschte das Kies der Auffahrt verräterisch laut, als er sich bedrückt und in der Seele gekränkt von der Villa entfernte.

Die Einwohner von Lavana kämpften gegen die in ihren Lebensraum eindringende Hitze einen verlorenen Kampf. Den ganzen Tag hinter verschlossenen Fensterläden auf den Abend und die erlösende Nacht harrend, um wenigstens einen Teil ihrer verbalen Kommunikation mit dem Nachbarn auszutauschen.

Für Mimmo, der im kleinen Fischerboot, weitab jeder kommunikativen Zivilisation vor sich hin dümpelte, wurde die Hitze zur tödlichen Gefahr. Von der Sonne ausgedörrt, von Fieberschüben gebeutelt, bestand seine Kommunikation aus wirren Selbstgesprächen, die in einem Singsang aus den, mit aufgeplatzten Blattern übersäten, Lippen flossen. Der Abstand zu einer realen Gedankenwelt war gross und einem Gedanken, der seine planlosen Handlungen hätte steuern können, war er schon längst entrückt. Vom Durst geplagt, hing sein Körper zur Hälfte über der Bordwand und seine Augen unterhielten sich mit einem imaginären Bild, das sich auf der Wasseroberfläche spiegelte. In seiner Unterhaltung gab es keine Anklage gegen sich, keine Vorwürfe gegen andere und keine Zerwürfnisse mit dem Leben mehr. Mimmo war in eine andere Welt entrückt, in eine Welt, ohne selbstzerstörerische Argumente, gegen oder für eine Sache. Seine ganze Aufmerksamkeit galt nur noch dem Spiegelbild und der Handvoll Wasser, die er sich gelegentlich zu Munde führte.

Er war fasziniert von dem Bild, das ihm schamlos und überwältigend aus dem Wasser entgegenblickte. Kleine Tiere, so wie diese, von denen Aldo in der Hütte erzählt hatte. Sie schwammen auf ihn zu, versuchten, die Bordwand hochzukrabbeln und fielen rücklings ins Wasser zurück. Mimmo beobachtete sie dabei wie sie immer wieder den sinnlosen Versuch unternahmen, die glatte Wand zu überlisten. Wie hatte Aldo diese Tiere genannt? Lemminge? Zaghaft versuchte er, diese Lemminge zu berühren, strich mit der Handfläche über die Wellen, versuchte, zu erhaschen, was ihn so verzauberte und gleichzeitig übergab er sich dabei. Mimmo nahm nichts mehr richtig wahr. Seine Umgebung, sein Befinden, alles schien meilenweit entfernt, unerreichbar wie die nächste Küste. Nur die Gefahr war allgegenwärtig, ja sogar beängstigend nahe. Schwarz und bedrohlich baute sich die Wand vor seinem kleinen Boot auf und legte einen langen Schatten über Mimmo. In seinem Zustand fand er die einzige tröstliche Zuflucht in den Gedanken an seine Mutter.

Teresa indessen gelangte, zusammen mit Luca dem Polizisten, beim Auto von Carmine Levante an. Umsichtig und behutsam, in derselben Art und Weise wie sie Luca dazu überredet hatte, sie in die Berge mitzunehmen, näherte sie sich dem Wrack. Teresa fasste all ihren Mut zusammen, schaute durch das kaputte Fenster in den Wagen und war trotzdem bass erstaunt darüber, dass sich ihre Vermutungen bestätigt hatten. Angelo Grimaldi war tot.

Luca machte den Versuch, die aufgelöste Teresa zu trösten, nachdem er selbst den Grund ihrer Bestürzung in Augenschein genommen hatte.

„Das ist dann wohl Angelo, dein Schwager, hab ich recht?" Teresa nickte unmerklich.

„Wer macht so etwas? Wer bringt es fertig, einen Menschen so barbarisch zu töten? Luca… ging es wohl um Geld oder war es schlicht und einfach das Werk von menschlichen Bestien? Sag es mir! Du bist doch der, der es wissen muss. Du bist schliesslich verantwortlich für unseren Schutz vor solchen dunklen Machenschaften. Wo warst du, als diese Schweinerei hier passiert ist? Hast du davon gewusst? Hast du womöglich die Hände aufgehalten und die Augen zugedrückt? Sag es mir, Luca, damit ich es verstehen kann!"

„Teresa…"

„Was ist? Was willst du mir sagen? Etwa, wie ich meiner Schwägerin erklären soll, dass ihr Mann einem Verbrechen zum Opfer gefallen ist und den Kindern, dass sie keinen Vater mehr haben? Meinem Salvatore, dass du geschlafen hast, als sein Bruder starb? Ist es das, was du mir sagen willst? Oder hat der Herr Polizist noch einige andere Lügenvarianten in seiner Vorstellung?" Teresa wandte sich gekränkt ab und liess ihren Tränen freien Lauf.

Luca versuchte währenddessen, den Toten zu untersuchen. Er fand eine Geldbörse, hielt sie triumphierend in Teresas Richtung, um ihre haltlosen Verdächtigungen zu entkräften. Er fühlte sich schuldig, nicht im Sinne der Anklage, wie es bei Gericht nach der Urteilsverkündung hiess, nein, er fühlte sich nach moralischen Gesichtspunkten schuldig, zumindest seit Teresas übler Attacke gegen ihn. Luca wusste längst, wer die Drahtzieher hinter diesem Überfall waren, dazu brauchte er sich nur die, mit Kugeln übersäte, Leiche anzusehen. Aber wieso sich die Mafia für Angelo Grimaldi interessierte, blieb ihm dennoch ein Rätsel.

„Ich glaube, dein Schwager war ein Irrtum…", meinte er wenig später zu Teresa, die, auf einem Felsen sitzend, die untergehende Sonne betrachtete.

„Wie meinst du das?"

„Die müssen ihn mit jemand anderem verwechselt haben."

„Wer ist *die*? *La Famiglia* etwa?"

„Das Ganze hier…" Luca deutete auf die Umgebung, „…trägt eindeutig ihre Handschrift. Abgelegener Ort, mehrere Schrotflinten gleichzeitig auf dasselbe Ziel gerichtet und die Hinterlassenschaft von Spuren, die sie direkt als Täter identifizieren."

„Angelo hatte mit dieser kriminellen Vereinigung bestimmt nichts am Hut."

„Eben, darum handelt es sich hierbei auch um einen Irrtum. Das Ziel war nicht Angelo, sondern Carmine Levante. Angelo hatte nur bedauerlicherweise Carmines Auto am falschen Tag zum falschen Zeitpunkt benutzt. Das Todesurteil wurde dadurch nicht an Levante, sondern an Angelo vollstreckt. Nenne es einen dummen Zufall oder von Gott gewollt, das Ergebnis bleibt ein und dasselbe."

„Aus welchem Grund haben sie ihn dann noch verstümmelt? Er war doch schon tot. Wer von diesen Bastarden findet Gefallen daran, einer Leiche das Ohr abzuschneiden? Und vor allem, was wollen sie damit?" Teresa kaute an ihren kurzgeschnittenen Fingernägeln und blickte Luca fragend an. „Handelt es sich um ein Sakrileg, oder hängt diese Aktion mit dem Virilitätswahn unserer Männer zusammen?"

„Was meinst du damit?"

„Nun, mein Mann Salvatore hatte es nie nötig, mir einen selbst geschossenen und ausgestopften Raubvogel vor die Füsse zu legen, nur um sich den Garant für die Treue seiner Frau zu sichern!"

„Das sind eine Menge Fragen auf einmal. Diese und die anderen, die du mir bestimmt noch stellen wirst, kann ich jetzt noch nicht beantworten. Zunächst müssen die Leiche und das Wrack abtransportiert werden, danach werde ich den Bürgermeister darüber in Kenntnis setzen und du machst bitte dasselbe mit deiner Familie. Anschliessend versuche ich, Licht in den Fall zu bringen und vielleicht kann ich dann auf deine Fragen eine plausible Antwort geben. Los, komm, lass uns ins Tal fahren." Luca gab sich keine Mühe, die Konversation mit Teresa aufrecht zu erhalten, als sie zusammen im Auto den Serpentinen trotzten. Je näher der Wagen dem Tal kam, umso unerträglicher wurde die Hitze. Vielleicht hatte die Nacht ein Erbarmen mit ihnen und liess das Thermometer auf ein erträgliches Mass sinken.

Platt wie eine Flunder lag die riesige Wasseroberfläche vor Salvatores Augen. Weit und breit kein sichtbarer Horizont, keine Küstenlinie, die sich ans Wasser schmiegte. Alles verschwunden in der aufkommenden Glut des Tages. Himmel und Meer übergangslos ins weisse Flimmern der Hitze abgetaucht. Ein leichtes Kräuseln um den Rumpf, ein sanftes Wiegen des Bootes bewog Salvatore dazu, seinen Kübel mit dem Glasboden in die Hand zu nehmen und vorsichtig über den Rand des Bootes zu schauen. Sie waren gekommen! Zuhauf!

Schwere, silberglänzende Leiber wälzten sich durch die Stadt am Meeresgrund. Träge, von der langen Reise, unaufmerksam gegenüber der Gefahr, schwammen die Thunfische durch die Netze und kratzten mit ihren ausladenden Rücken am Dach der *Tonnara*. Salvatore betrachtete sie mit Ehrfurcht vor der Schöpfung bei ihrem Tun. Sie schwammen heraus, dann wieder hinein, spielten, frassen und lebten dort, ohne Angst vor der lauernden Gefahr über ihren Köpfen.

Salvatore richtete sich auf, blickte mit verklärten Augen in die Richtung, wo er Alberto Socci vermutete und gab seinem *Ràisi* Zeichen, der zuerst ungläubig, dann mit grosser Hektik darauf reagierte. Aus der Lethargie des Wartens gerissen, starrten die Fischer in die Wassermassen unter ihren Booten und versuchten, möglichst viele Tiere zu zählen, um über ihre Fangquote spekulieren zu können. Alberto Socci, begab sich, als Verantwortlicher für den Fischfang, auf seine Kommandobrücke und liess den Anker des Transportschiffes einholen. Dann begann er, die Fischer auf die kleinen Boote zu verteilen. Acht Mann in jedes kleine Schiffchen, bewaffnet mit langen Holzspeeren, deren messerscharfe Spitzen auf die Meeresoberfläche zeigten. Sie warteten auf die Gebärden von Alberto Socci, der mit seinem Boot mitten im Viereck liegend, seine Fangrituale abhielt. Dieses eine Mal wollte er seinen Namen an der Hauswand der *Tonnara* verewigt sehen, als den grössten Thunfischfang aller Zeiten und das unter seiner Leitung. Ein kühnes Unterfangen, wenn man bedachte, dass seine Vorgänger mehrere tausend Kilo Fisch an Land geschleppt hatten. Aber der *Ràisi* war ein schlauer Fuchs, er wusste genau, wann er den Arm mit dem Fähnchen, das die *Mattanza* frei gab, zu senken hatte, wusste abermals wie er die Fangquote der letzten Jahre zu übertreffen gedachte und liess den ausgestreckten Arm genau auf den Punkt fallen. Das alles entscheidende Zeichen: dem Schliessen der Netztore.

Hektisches Ziehen an den Tauen, unterbrochen von Rufen des Kommandanten, folgte auf das Fallen der Flagge. Die Mannschaft der zur Ostseite liegenden Boote hob langsam das Bodennetz. Der Vorhang für den letzten Akt fiel: das Schliessen der Todeskammer. Die Tiere bemerkten zuerst nichts, schwammen weiterhin ihre Kreise in vorgegebenem Rhythmus. Doch das Netz kam der Oberfläche immer näher. Die Fische wurden in ihren Bewegungen eingeengt, ihnen fehlte das Wasser. Irritiert suchten sie den Weg nach oben, verletzten sich gegenseitig durch das Aneinanderprallen der schweren Leiber. Ihr „Totenklagen" vermischte sich mit den traditionellen Dankgesängen der Fischer auf den Booten. Betäubt und halb erstickt, tauchten die Fische auf, schlugen wild um sich und verletzten sich aufs Neue. Die grossen Augen verloren und weit aufgerissen in der Vorahnung des Todes, versuchten sie, den mit ihrem Auftauchen bereits verlorenen Kampf gegen die todbringende Sperre aufzunehmen. Das Wasser nahm die Farbe des Himmels an, verstärkte sich noch, um am Ende die Umgebung in ein Blutrot zu versenken.

Die erste Sperre traf das Ziel, zerfetzte die Haut, drang tief in die Körper der weidwunden Tiere und liess ihnen keine Chance zur Gegenwehr. Das Blut triefte von den Wachstuchumhängen der Fischer, rann in Bächen über Alberto Socci, der, inmitten des brodelnden Infernos, hin und her geworfen wurde. Die See kochte und sein schweres Boot tanzte auf dem aufgewühlten Wasser. Er brüllte die Befehle, im Zustand eines Blutrausches, an seine Untergebenen. Die harpunierten Tiere wurden von zwei Mann an das Boot gezogen und dann, an der Schwanzflosse haltend, über Bord gehievt. Der Gesang nahm mit der Anstrengung an Lautstärke zu. Das Blut im Wasser, das Gebrüll der *Tonnarotis* und das Getümmel der Fische, verängstigte die nachfolgenden Tiere, sobald sie an der Oberfläche auftauchten. Fast willenlos ergaben sie sich ihrem Schicksal und trieben auf die flüssige Schlachtbank zu.

Der Wind hatte sich gedreht und nahm an Stärke zu, so als hätte er sich mit den Tieren zu einem Pakt zusammengeschlossen. Einem Bündnis gegen die Menschen, die versuchten, die Hegemonie von Tier und Natur zu irritieren. Eine Schwanzflosse traf Salvatore ohne Vorwarnung mit voller Wucht am Oberarm, als er, zusammen mit Carlo, ein besonders grosses Exemplar an Bord hievte. Der Aufprall auf dem Boden wurde durch viele glitschige Fischleiber gemildert. Er landete neben einem Thunfisch, dessen Flosse noch heftig um sich schlug und dessen Maul auf und zu klappte, so als wollte er Salvatore verschlingen. Fluchend rappelte er sich wieder hoch, hielt seinen Arm und betrachtete mit seinem noch intakten Auge die Wunde, aus der sich sein Blut mit dem der Fische vermischte. Salvatore wusste von der ausserordentlichen Kraft der Thunfische, die im Gewühl der *Mattanza*, im Todeskampf, jedoch zunichte gemacht wurde.

„Hat er dich erwischt? Bist du verletzt?", schrie Carlo gegen das Inferno der kochenden See und dem brüllenden Gesang an und drehte das Votivkreuz, im Glauben an die Hilfe der abgebildeten Heiligen, gegen den Sturm. Salvatore hielt ihm als Antwort seinen verletzten Arm hin. Die Haut war bis auf den Knochen aufgerissen und die Wundränder klafften weit auseinander. Carlo riss sich das Hemd vom Leib, tauchte es in Meerwasser und verband Salvatores Arm behelfsmässig. Dann packten beide ihre Speere, stachen blind in das Wasser und wieder und immer wieder landete ein Thunfisch in ihrem Boot. Angelockt durch das viele Blut im Wasser, tauchten Haifischflossen am Rand des Netzes auf. Salvatore sah sie als Erster und machte Carlo darauf aufmerksam. Dieser brüllte wie wild gegen das Tosen der *Mattanza* an, deutete heftig mit dem Speer auf die ungewollte Gesellschaft und schien mit seiner Hektik die Raubfische geradezu anzuspornen. Sie umrundeten in einem, immer enger werdenden, Kreis die *Tonnara*, tauchten unter und schossen auf der anderen Seite wieder hoch. Plötzlich tauchte einer, mit weit aufgerissenem Maul, neben *Ràisis* Boot auf und schlug sein mörderisches Gebiss in den Leib eines Thunfisches. Sogleich durchstachen etliche Speere seinen Kopf und zogen ihn mit samt seiner Beute an Bord. Dann wurde das Opfer vom Täter getrennt und seine Untat damit gerächt, dass er über Bord im Wasser landete, wo er von seinen Artgenossen sofort in mehrere Stücke gerissen wurde. Nun wurde das Schauspiel zum Ort der Verdammnis, zum blutrünstigsten Inferno, das die Weiten der Meere jemals gesehen hatte. Mitten im grausamen Tun ihrer Umgebung wurden die Thunfische von zwei Gegnern attackiert. Auf engstem Raum dem Tod ausgesetzt, überstieg ihr mentales Vermögen. Keine Gegenwehr, keine emotionale Regung mehr. Sie starben aus Angst, noch bevor sie ein Speer oder ein Haifischzahn berührt hatte.

Die kleine Flagge am Turm der *Tonnara* war gehisst. So konnte jeder, der an Landgebliebenen erkennen, ob es zu einer *Mattanza* gekommen war, oder nicht. Als die Boote den Eingang zu der *Tonnara* suchten und an den

Pollern vor dem riesigen Gewölbe festmachten, erwartete sie eine Menschenansammlung, die lauthals darüber spekulierte, warum und wieso der Fang grösser sein könnte als im letzten Jahr. Ihr Lärm übertönte den Gesang der Fischer. Der Himmel hatte sich zugezogen. Leichtes Nieseln setzte ein und kühlte die Emotionen auf ein erträgliches Mass herunter.

Ein dickes Seil spannte sich aus der *Tonnara* über den Kai zu den Booten. Zerschundene Hände packten die, vom Laich dick angeschwollenen und zu Tode verletzten, Fische, hingen sie an ihren Schwänzen an das Seil und zogen die Fracht auf der Gleitbahn in den Schuppen der *Tonnara*. Der beissende Gestank nach Salz, Pech und fauligen Tauen raubte ihnen, nachdem sie wochenlang nur die Meeresluft eingeatmet hatten, den Atem. Die Natur war grosszügig zu den Fischern gewesen. Eine nicht enden wollende Prozession an Fischleibern zog an Carmine Levante vorbei, der mit bärbeissigem Gesichtsausdruck versuchte, die Fische zu zählen. Seine Miene erhellte sich auch nicht, nachdem, seiner Zählung zufolge, die Fangquote der letzten Saison längst übertroffen war. Die Fische waren nicht bei einer normalen *Mattanza* gestorben, sie waren regelrecht abgeschlachtet worden, wobei viel wertvolles Fleisch verlorengegangen war. Carmine war sauer. Bei nächster Gelegenheit wollte er den *Ràisi* zur Rede stellen und ihm die, keine Frage, sehr hohe Fangquote nicht anerkennen. Coldatti, sein Konkurrent, stand daneben und beobachtete Levante bei seiner Arbeit. Er wusste genau, dass dieser Kerl wieder versuchen würde, ihn mit der Anzahl der gefangenen Fische, zu bescheissen. Dieses Mal wollte er genau aufpassen und nicht wie die anderen Jahre zuvor, sich von Levantes gedrungenem Lumpengesindel beim Zählen ablenken lassen.

„Pass auf, Levante, dass dir beim Zählen kein Fisch auskommt! Sonst müssen wir wieder ein Jahr warten, um die Quote zu übertreffen!", höhnte Carlo aus dem Boot heraus und überliess die weiteren unfreundlichen Kommentare den Zuschauern. Salvatore beteiligte sich nicht mehr am Ausladen der Tiere. Sein Arm war angeschwollen und schmerzte bei der kleinsten Bewegung. Als letzte Arbeit nahm er das Votivkreuz aus dem Boot und stellte es an die Wand der *Tonnara*. Mit einem traurigen Blick auf das Bild der heiligen Maria, die ein, mit Fischblut besudeltes, Kind in den Armen trug, schulterte er seinen Seesack und machte sich auf den Heimweg. Bei der nächsten Biegung begegnete ihm Teresa. Sie hatte Salvatore am Kai empfangen wollen, wurde aber durch widrige Umstände daran gehindert. Teresa hatte es sich in den Kopf gesetzt, Salvatore als Ersten über das Verschwinden seines Sohnes Mimmo zu unterrichten und ihn schonend mit dem Tod seines Bruders zu konfrontieren. Dann sah sie seine Wunde und ihre Pläne rückten in den Hintergrund.

„Ach du meine Güte!", rief sie entsetzt aus. „Wie ist das denn passiert?"

„Wie so etwas immer passiert. Durch Leichtsinn", meinte Salvatore gekränkt. Gekränkt darüber, dass der Empfang, nach so langer Abwesenheit, so wenig herzlich war.

„Mimmo ist verschwunden..."

„Was meinst du mit, Mimmo ist *verschwunden*? Wohin? Abgehauen nach Palermo, oder mit meinem Bruder nach Amerika?" Salvatore konnte mit dem Wort „verschwinden" nichts anfangen. „Wenn etwas verschwindet, taucht es zu einem späteren Zeitpunkt wieder auf!", gab er mürrisch zur Antwort. „Du wirst sehen, heute Abend sitzt er wieder am Tisch und stopft, im Wettlauf mit meiner Schwester, Essen in sich hinein."

„Ich glaube, diese Mal nicht. Er ist schon zu lange fort, um sich mit einer blossen Entschuldigung zu uns an den Tisch zu setzen." Salvatore sah in den Augen von Teresa den Kummer, der aus ihr sprach.

„Dann muss ich mir wohl Sorgen machen?"

„Das ist noch nicht alles. Ich muss dir noch etwas sagen."

„So? Was denn noch? Hast du noch weitere Hiobsbotschaften auf Lager? Dann erzähl sie mir lieber gleich alle, damit ich die Wut in meinem Bauch besser einteilen kann."

„Zur Wut besteht kein Anlass, eher das Gegenteil. Dein Bruder Angelo…"

„Was ist mit ihm?"

„Angelo wurde in den Bergen aufgefunden… im Auto von Levante."

„Hatte er einen Unfall? Warum fährt er auch in die Berge, jeder weiss doch, wie gefährlich das mit dem Auto ist."

„Sie haben ihn getötet… und ihm ein Ohr abgeschnitten…" Teresa brach in Tränen aus und lehnte sich an Salvatore. Dieser strich ihr mit seiner rauen Hand über das Haar und versuchte, seine Frau zu trösten.

„Teresa, nur wegen dem Verlust eines Ohres stirbt doch niemand!", tadelte Salvatore.

„Aber er ist tot. Bestialisch ermordet worden… und sie haben ihm danach ein Ohr abgeschnitten!" Salvatore konnte ihr nicht folgen. Die Nachricht war so erdrückend, dass eine Blockade sein Gehirn lahmlegte. „Luca vermutet, dass die Mafia ihr böses Spiel mit Angelo getrieben hat. Er meint, die ganze

Vorgehensweise, die Schrotflinten, das abgeschnittene Ohr..." Teresa bezwang nur mit Mühe ihre aufsteigende Übelkeit, bei dem Gedanken an den Anblick in den Bergen. „...und des Weiteren ist er überzeugt davon, dass es sich um einen Irrtum handelt. Beverly und die Kinder, die noch keine Ahnung haben, nur Vermutungen hegen, warten im Hotel auf dich. Sie wollen eine Antwort auf ihre Fragen."

„Die wünsche ich mir auch."

„Wie geht's nun weiter?"

„Als erstes muss sich Dottore Cantano meinen Arm anschauen, dann werde ich mich mit Luca unterhalten." Salvatore stapfte mit grimmiger Miene über das nasse Kopfsteinpflaster. Er hatte sich die Rückkehr vom Meer irgendwie anders vorgestellt.

Der Kapitän des Frachters erzählte später:

„Ein kleines Boot ist an der Leeseite entlang gescheuert und ich habe es nur zufällig bemerkt, als ich einen Rundgang auf meinem Schiff machte. Ein Mann, auf dem Bauch liegend, ohne jegliche Regung. Ich habe allerdings kein Gesicht erkennen können. Ich habe es mit Rufen versucht, habe einen Höllenlärm gemacht, indem ich mit der Eisenstange an die metallene Bordwand geschlagen habe, habe einen Rettungsring in das Boot geworfen. Immer noch keine Reaktion. Ich bin zurück auf die Brücke und machte über Funk eine Meldung an die Küstenwache. Was weiter mit dem Mann in dem Boot passiert ist, davon habe ich keine Ahnung, denn an eine Rettung meinerseits war nicht zu denken. Nur über eines habe ich mich gewundert: was um alles in der Welt macht ein so kleines Boot, soweit draussen im Meer?"

Dottore Cantano schüttelte seinen Kopf, wie hatte ein Fischer mit so einer Verletzung nur weiterhin seine Arbeit verrichten können? Verkrustete Wundränder, klaffendes Fleisch bis auf den Knochen und Vereiterungen, verursacht durch Carlos Hemdfetzen.

Der Dottore säuberte die Wunde, träufelte Jod auf die malträtierte Stelle, die höllisch brannte, nähte mit ein paar Stichen, unter dem Gestöhne Salvatores, die Hautlappen wieder zusammen, verband das Ganze und entliess den Patienten zu seiner Familie.

Als Salvatore über die Piazza Communale ging, vernahm er aus der Kaschemme den Lärm, der immer zu hören war, wenn Fischer ihren Fang begossen. Leicht beflügelt, nach Dottore Cantanos Arbeit an seinem Arm, betrat er das überfüllte und von Nikotin geschwängerte Lokal. Da standen sie alle, die an der *Mattanza* teilgenommen hatten, mit einem Glas Rotwein in der Hand und schmetterten ein, im sizilianischem Dialekt gehaltenes, Lied. Salvatores Auftauchen an der Theke veranlasste den feisten Wirt, hämisch grinsend, die Gläser auf ein Neues zu füllen, während die Fischer auf Salvatores Rücken klopften und dessen weidwunden Arm begutachteten. Der Salut eines Fischers, der an so mancher *Mattanza* teilgenommen hatte, wurde im Lied lautstark zelebriert, der Fisch als Segen betrachtet und die *Tonnara*, die ihnen das Brot zum Leben gab.

„Teresa sucht dich", kämpfte Carlo gegen den Singsang der Fischer an.

„Ich weiss, Mimmo ist verschwunden…"

„Willst du ihr nicht suchen helfen?"

„Wo denn? Der kann überall sein. Von den Bergen, bis hin zum Meer…" Die *Tonnaroti* wurden immer lauter. „Wir müssen warten, vielleicht kommt er ja von selber wieder nach Hause. Was ihn dazu bewogen hat, abzuhauen… ich weiss es nicht."

Salvatore gab sich nun dem Wein, der immer kräftiger nachgeschenkt wurde, dem Lied, das nur noch aus einem Refrain bestand und dem seligen Beisammensein hin.

Draussen ging Donna Luisa humpelnd

über die Piazza - im Krankenhaus hatten sie
nichts an ihrem Knie finden können – und
vernahm das Gegröle aus dem Lokal, was sie
dazu veranlasste kurz stehen zu bleiben, um
dann alle Heiligen anzurufen.

Das Meer konnte so gemein und feindselig
sein, konnte Arbeit, Essen, Schönheit und Gefahr mit sich bringen, nur eines konnte es
nicht, Leben retten. Mimmo lag mit dem Gesicht nach unten auf den Bodenbrettern, durch
die Strömung mitgerissen, schaukelte das
kleine Boot auf einem Wellenkamm, vorbei an
Fischertrawlern und deren Fang, einem anderen Ufer zu. Diese sahen nur das leere Boot,
konnten sich keinen Reim darauf machen,
dachten, dass es sich wahrscheinlich irgendwo
losgerissen hatte und fuhren so ihren gewohn-
ten Weg weiter zur Anlegestelle.
Erst als das kleine Boot an der Kaimauer
scheuerte, ohne dass es angebunden worden
war, die Fischer auf das Ruderboot aufmerksam wurden, den leblosen Körper auf den
Brettern sahen, da wussten sie, dass sich eine
Katastrophe ereignet hatte.
Luca bekam die Meldung, dass eine Leiche
in einem Boot, das in Lavana registriert war,
gefunden worden war. Er fuhr hin, sah den
Körper und wusste sogleich, dass es sich dabei

um Mimmo handelte. Die Todesnachricht den Eltern zu überbringen, dafür liess er sich Zeit. Sie hatten den Tod von Angelo zu verarbeiten, einen weiteren konnte und wollte er ihnen zu diesem Zeitpunkt nicht überbringen.

Salvatore musste den Brummschädel, in seinem Stuhl liegend, zuerst verkraften. Dann die Angelegenheiten von Angelos Beerdigung regeln. Polizist Luca stand vor der Türe, überbrachte die Nachricht von Mimmos Tod, fand in Teresa eine verzweifelte Abnehmerin, die sich in Salvatores lädierten Arm stürzte.

„Mimmo wurde aufgefunden… in einem alten Ruderboot… er ist tot."

Salvatore musste also die Angelegenheiten zweier Toten regeln. Beverly und die Kinder waren in ihrem Zustand zu Nichts zu gebrauchen.

Noch eine solche Botschaft konnte sein Kopf nicht verkraften. Gestern ging es hoch her in der Kaschemme. Bis tief in die Nacht wurde gefeiert, gejohlt und getrunken, den Fischern der Boden unter den Füssen weggezogen, dem Wirt das Geschäft seines Lebens beschert und als sie endlich über die Piazza Communale geschwankt waren, gingen bereits die ersten Strassenlichter wieder an.

Es läutete erneut an der Tür, Pater Alfonso

kam und spendete Trost, all denen, die bedürftig und bedauernswert waren. Schwester Marcelina war wieder einmal von den Untoten auferstanden, malträtierte den Geistlichen mit Fragen über Tod und Begleiterscheinungen. All dies wurde Salvatore und seinem Gehirn zu viel, er begab sich zur Tür, hastete die Treppe hinunter, landete auf der Strasse und wanderte ziellos dem Meer entgegen.

In seinem Zustand erinnerte er sich plötzlich an die *Mattanza*, bei der den Fischen grosses Leid zugefügt und den Leibern mit Speeren begegnet wurde und die Netze ihr Gefängnis bedeuteten. Als er nun das weite Wasser sah, konnte er das erste Mal mit den Fischen mitfühlen.

Nachdem sich die Nachricht auf der Insel verbreitet hatte, dass eine Doppel-Beerdigung in Lavana stattfinden würde, gab es kein Halten mehr. Aus allen Ecken der Insel kamen sie daher, wollten einen Blick von der Bestattung erhaschen, wie zwei Särge auf den Friedhof getragen wurden, wie die Kränze und der Blumenschmuck verteilt, die Särge in ein Grab gelassen und welcher Trauerflor die Hinterbliebenen umgab.

Eine Vielzahl an Menschen wollte den Toten die letzte Ehre erweisen. Sie standen in dem kleinen Friedhof auf Gräbern, zertrampelten Blumen, machten sich an Votivbildern zu schaffen und hinterliessen eine Begräbnisstätte, die den Namen nicht mehr verdiente.

Allen voran ging Pater Alfonso mit der Sonntagssutane, gemächlichen Schrittes, in der linken Hand ein Gefäss mit Weihwasser, ein Zeremonienbuch in der rechten, daneben zwei in weiss gekleidete Ministranten mit dem obligaten Weihrauchkessel. Hinter den Särgen schleppte Salvatore seine Frau Teresa, tief gebeugt in schwarze Spitzen gehüllt, einen Schleier vor dem Gesicht, um ihre Tränen zu verbergen, dem Grabe entgegen. Beverly und die Kinder, Schwester Marcelina, eingehängt bei Pietro und Maria, schlängelten sich an Grabhäusern vorbei, den Särgen hinterher. Vom Turm trug ein einsames Totenglöckchen die hellen Klänge auf den Gottesacker herunter. Bürgermeister Cosmo befehligte die Musiker den Totenmarsch zu spielten, bevor der Zug vor dem aufgeworfenen Erdhügel zum Stehen kam. Vor dem tiefen Loch stand Pater Alfonso, erwartete die Totenladen der Betroffenen und segnete inzwischen die Erdkammer. Rund um ihn verteilten sich Gläubige, deren Ansinnen allein darin bestand, an der pompösen Beerdigung dabei zu sein.

Die Eltern der Grimaldis hatten hier schon

vor zig Jahren ihre ewige Ruhe gefunden. In einem mit Marmor verkleideten Gesteinsbrocken; wie ein kleines Häuschen. Ähnliche waren über den ganzen Friedhof verteilt und ergaben dem Ganzen den Anschein einer kleinen Stadt. Nun fanden, auf einer Grabplatte verewigt, die Toten ein neues Zuhause.

Immer wieder wurde auf Cosmo Druck ausgeübt, den Friedhof zu vergrössern. Das Resultat: Der Friedhof blieb unverändert. Ganz hinten stand Carmine Levante, freute sich spitzbübisch darüber, dass nicht er in dem Sarg lag, der eigentlich für ihn bestimmt gewesen war und demnächst in ein schwarzes Loch verschwinden würde.

Pater Alfonso segnete die Särge, bespritzte die vorwitzigen Beobachter mit Weihwasser, liess ihnen Zeit, um sich abzutrocknen und erwischte sie beim Rückweg auf ein Neues. Nacheinander wurden die Holzkisten von den Sargträgern in ihre Gräber hinabgelassen, der Pater sprach seine Sätze in Latein und Blumen und Erde flogen hinterher.

Dann kam der Auftritt von Marcelina. Als Pietro sie kurz losliess, kniete sie auf den Erdhügel, heulte wie ein Werwolf, schluchzte die Namen der Verstorbenen, warf eine Rose in das Grab und stürzte in das Loch, auf die Särge. Bestürzt über so viel Unvermögen, halfen mehrere Hände, sie zu befreien. Einen Grund zum Weinen hatte sie allemal, aber als sie ihre Kleidung sah, verdreckt von oben bis unten, ging das Geheule erst richtig los.

„Marcelina, hast du dich verletzt? Dein Absturz sah ja fürchterlich aus!"

„Nein, nein, Schwägerin… aber sieh, wie ich aussehe, sieh dir die Kleider an! Die schwarzen Spitzen und der Schleier… ach, die schönen Spitzen."

Ein Schauer, der sich bereits längere Zeit angekündigt hatte, entlud sich über den Trauergästen. Die Teilnehmer der Zeremonie stoben auseinander und suchten einen Unterschlupf und zu allem Unglück liess der Regen Tante Marcelina wie einen Fisch im Wasser aussehen. So bemitleidete sie sich den ganzen Weg zu der Wohnung, in der das Totenmahl für die näheren Freunde stattfand. Die Betschwestern hatten den Tisch in Salvatores Wohnung hergerichtet, hatten das Essen gekocht und servierten anschliessend für alle die Gerichte. Beim Wein hielt sich Salvatore allerdings etwas zurück.

Ein letzter Besuch auf dem Grab, Bilder vor den Augen, ein Abschiedskuss für immer, ohne Angelos Nähe ein Flugzeug zu besteigen, das sie in die Heimat brachte, den Angestellten die traurige Nachricht zu überbringen. Dies alles ging Beverly an die Substanz, die Anforderungen waren beinahe ein Ding der Unmöglichkeit.

Ein schlechtes Gewissen begleitete sie seit Levante die Zimmertüre hinter sich geschlossen hatte. Seine salzige Haut spürte sie am ganzen Körper, der Fischgeschmack verschwand auch beim Duschen nicht. Die zerwühlten Kissen im Hotel, ihr Betrug an Angelo in seiner Todesstunde, liess sich mit Wasser nicht wegwischen.

Der behäbige Taxifahrer nahm die letzte Kurve vor dem Abfertigungsgebäude, setzte ihre Koffer auf den Gehsteig und entliess Beverly und die Kinder in eine ungewisse Zukunft. Als die Maschine von Palermo abhob und Beverly Lavana unter sich sah, wusste sie instinktiv, dass dies das letzte Mal war.

Salvatore sass in seinem Sessel, sinnierte über das Leben an sich und den Tod nach. Ohne Mimmo und seinen Bruder verstand er das Leben immer weniger. Seine Schwester Marcelina holte ihn aus seiner Lethargie.

„Levante ist draussen, er will dich sprechen!"

„Was will er?"

„Hat er mir nicht gesagt."

Mit einem Knurren auf den Lippen, wälzte er sich aus dem Sessel und schleppte sich zur Tür.

„Was willst du?"

„In der *Tonnara* ist eine Maschine ausgefallen, man sagte mir, du könntest sie wieder in Stand setzen", gab ein kleinlauter Levante von sich.

„Ich schau irgendwann mal vorbei, vielleicht lässt sich da was machen."

„Jetzt! Du musst jetzt kommen. Die *Tonnara* steht sonst still."

Levante steuerte direkt auf die *Tonnara* zu, liess Salvatore durch die Hintertüre in seine Firma eintreten und zeigte auf die Maschine.

Vorwiegend Frauen arbeiteten in der *Tonnara*, weil ihre Löhne billig waren und Frauen weniger Stress bedeuteten. Levante scharwenzelte den ganzen Tag um die, mit weissem Haarschutz getarnten, Frauen herum, lud die eine oder andere zum Essen ein, um sie nachher im Hotel zu verführen. Die weiblichen Arbeitskräfte nahmen den toten Körper aus, teilten den Thunfisch in Portionen, stopften das Fleisch in Blechdosen und verschlossen das Ganze mit einem Deckel. Dass sie am Abend, besonders wenn sie ausgezogen neben ihm lagen, noch nach Fisch rochen, wie Levante selbst, war ihm egal, hatte er sein Vergnügen doch schon gehabt.

Levante benutzte ein besonderes, an den weiblichen Arbeiterinnen, ausgeklügeltes Sortierverfahren. War eine hübsch anzusehen, hatte sie die richtigen Masse, so wurde sie in die Abteilung der Portionierung geschickt, war eine alt und hässlich, so kam sie zur Deckelmaschine oder musste den Fisch ausnehmen.

„Wäre hübsch, wenn du dir einmal eine neue Maschine leisten würdest, das Ding hat definitiv schon bessere Tage gesehen!", sagte Salvatore zu Levante, der hinter ihm stand und jede seiner Bewegungen registrierte. „Die Kette ist rausgesprungen und die Motorhalterung ist gebrochen, eine Reparatur könnte ich nur provisorisch vornehmen."

„Hauptsache, meine Frauen können weiter arbeiten…"

„Meinst du… dann soll ich sie reparieren?"

„Für was habe ich dich hergeholt? Dass du den Frauen schöne Augen machst? An die Arbeit!" Er stapfte ins Büro, von dort konnte er alles beobachten.

Salvatore fügte die Kette wieder ein, reparierte die Halterung notdürftig und liess dies von Levante absegnen.

„Nach Hause kommst du doch alleine?"

„Wenn es denn sein muss."

„Es muss sein! Ich habe hier noch einige Arbeiten zu erledigen, Ciao."

Auf dem Heimweg begegnete Salvatore Pater Alfonso. Der in schwarz gekleidete Gottesmann trug eine in Samt gefasste Tasche bei sich.

„Wohin des Wegs, kommst du gerade von der *Tonnara*?"

„Ja..."

„War das nicht eine grandiose Trauerfeier... abgesehen vom Schluss?"

„Ja."

„Gesprächig bist du ja nicht gerade. Hat dich jemand aufgeregt, vielleicht Teresa?"

„Nein."

Seine Wut galt Levante, der ihn jedes Mal nur benutzte und ihn dann abservierte. Salvatores Benehmen übertrug sich auf den Pater, der sich kaum zügeln konnte.

„Ich gehe jetzt zu einem Sterbenden und wenn er mich nicht wieder beleidigt, sein Tod vortäuscht, helfe ich ihm beim Dahinscheiden auf die Sprünge." Er stapfte energischen Schrittes davon.

Salvatore wollte ihn noch fragen, was sich denn in der Tasche befand, die er verschämt in einer Rockfalte versteckt hielt, aber es war zu spät.

Baronin Lindalona erwartete ihn in der Küche, auf einem Hocker, den der Baron immer benutzte wenn er in seinem Buch die Kreuze machte, die den Tod bedeuteten, in einer Verfassung, die Pater Alfonso schon leid tat. Ein Messer in der schrumpeligen Hand, einen Kübel aus Holz vor sich stehen, der das Blut auffangen sollte.

„Das wird dem Herrgott aber gar nicht gefallen!"

„Ah, Pater Alfonso?" Sie legte das Messer auf den Tisch. „Was meinen Sie damit?"

„Ein Suizid ist kein Ausweg!"

„Suizid?"

„Die Selbsttötung ist eine Sünde, und das wissen Sie, dadurch entstehen neue Sorgen die auch der Tod nicht lösen kann."

„Wer spricht denn von Selbstmord? Einem alten Gockel hab ich den Hals umgedreht und bin dabei, ihn auszunehmen. Ob das dem Herrn gefällt, weiss ich nicht."

„Ach dann... es hat so ausgesehen..." Er murmelte etwas und gab sich seiner samtenen Tasche hin. Daraus entnahm er die Stola, die er sich umhängte, einen Kupferkessel, den er für die letzte Ölung benötigte, ein Kreuz mit Perlen, das er in der Hand hielt und das hölzerne Kruzifix. Eine Tür weiter wartete der Baron auf seine Absolution.

Die Baronin rupfte weiter an ihrem Vogel, als ihr Sohn in die Küche trat. Die zweifarbigen Schuhe erinnerten sie an ihren Mann, als er noch gehen konnte und die Probleme selbst in die Hand genommen hatte. Das Klappern der Schuhe auf dem Küchenboden stahl ihr die Träume.

„Jetzt weiss ich, wie Levante zu kriegen ist. Hinter einer hohen Mauer hat er sich versteckt. In seinem Haus wird er sterben, durch das Fenster und keiner wird ihm zu Hilfe kommen. Er lebt dort alleine, die Kugeln werden ihn durchsieben und er wird die gerechte Strafe empfangen. Ich werde…"

Der Pater trat mitten in die Konversation und liess diese sofort verstummen. Pater Alfonso schüttelte das Haupt und kondolierte der Baronin. Der Baron war entschlafen und damit hatte sich der Fall Levante erübrigt.

Donna Luisa entnahm den Tod des Barons einem alten Mauerwerk, das zugepflastert war mit Todesanzeigen, deren Menschen sie kaum oder gar nicht kannte und auch nicht kennen lernen wollte. Sie lachte innerlich in sich hinein, einen toten Menschen kennen lernen, wie sollte das gehen? Indem sie an seine Beerdigung ging? Donna Luise lachte immer noch, als sie die Piazza Communale überquerte und dem Bürgermeister Cosmo in die Arme lief.

„Na, Sie alte Hexe, wieder etwas Teuflisches im Sinn? Oder geht es diesmal um etwas ganz Profanes, wie eine Beerdigung? Ich habe Sie gesehen, wie Sie die Todesanzeigen studiert haben."

„Mit Ihnen zu reden, erlaubt mir mein Atem nicht, aber eines weiss ich, Sie werden als nächstes an der Mauer hängen."

Cosmo ging nicht auf das Geschwätz der alten Dame ein, eine andere Sorge trieb ihn um, er hatte einen Termin mit zwei Herren, die etwas von ihm wollten, das er so nicht geben konnte. In seinem Büro häuften sich die Aktendeckel, die an den Rand des Tisches geschoben und von Cosmo einfach ignoriert wurden. Er träumte immer davon, aus Lavana ein Schmuckstück zu machen, wenn er das Steuergeld zusammen hatte, aber jedes Mal bekam eine andere Geschichte den Vorrang.

Eine Tür öffnete sich leise, ein Mann spähte um die Ecke und bedeutete dem Anderen, dass sie hier richtig waren.

„Bürgermeister Cosmo?"

„Ja, Sie wünschen?"

„Ich habe mit Ihnen telefoniert. Um gleich zur Sache zu kommen, die Abfälle werden von nun an, von uns übernommen. Die Gemeinde hat damit nichts mehr zu tun, eine Rechnung wird nicht mehr gestellt und die Entsorgung ist somit gratis. Wöchentlich wird der Abfall abgeholt und in eine Deponie gebracht."

„Moment, wer ist *uns*?"

„Eine Institution. Der Deponiebetreiber hat freie Kapazitäten. Alle Dörfer haben sich uns angeschlossen, sogar eine Stadt wie Palermo."

„Kann der Andere auch reden, oder haben Sie ihn nur als stummen Zeugen mitgebracht?" Der Mann, den er als „der Andere" bezeichnete, schaute ihn nur stumpfsinnig an. „Ich überlege es mir und gebe Ihnen Bescheid. Ich muss auch zuerst den Gemeinderat darüber informieren und dessen Meinung einholen."

„So viel Zeit bleibt Ihnen nicht mehr, Herr Bürgermeister, da morgen schon die Säcke und Schachteln abgeholt werden!"

„Woher kommt diese Eile? Wenn überhaupt, dann erst ab nächstem Monat."

„Wir haben schon alles eingeleitet. Die Müllmänner sind instruiert, der Mann im Depot, sowie die Fahrer. Wer sagt uns, dass im nächsten Monat nicht Ihre Todesanzeige an einer schäbigen Mauer hängt?"

Cosmo hatte verstanden. Sich mit der Camorra anzulegen, machte keinen Sinn, er wollte seine Pension noch geniessen. Vielleicht hatte Donna Luisa doch recht mit ihrer Prophezeiung.

Beim Verlassen des Zimmers, kam der Andere nicht umhin die Stimme zu erheben und Cosmo die Worte entgegen zu schleudern:

„Duu... bbiist mit ddeem Teu...fel im Bu...nde!" Dann erst schlug er die Tür hinter sich zu. Ein altes italienisches Sprichwort, wenn der Gegenspieler nicht das tat, was man von ihm verlangte.

Eines verstand Cosmo nicht, dass die Camorra etwas tun würde, ohne einen finanziellen Vorteil.

Die erste Woche und auch die zweite, verlief perfekt. Die Müllmänner nahmen den ganzen Unrat von der Strasse, im Dorf herrschte eine Euphorie vor, um dann in der dritten Woche den Müll einfach stehen zu lassen. Cosmo hängte sich sofort ans Telefon und fragte nach. Eine bittere Enttäuschung war vorprogrammiert. Sie wollten Geld sehen. Von jedem Einzelnen und das nicht zu knapp.

Die Sonne brannte bereits am frühen Morgen. Unbarmherzig liess sie alles Leben in einem Dunst aus Hitze und Staub ersticken, ging nicht auf gequälte Körper ein, die einen Gemüsekarren vor sich herschoben, nicht auf geschundene Rücken, die ihre Zementlasten in ein Haus trugen und auch nicht auf Fussgänger, die ihrer Arbeit entgegen schlurften.

Salvatore transpirierte schon beim Nichtstun, er wollte eigentlich zum Fischen, sah sich aber gezwungen, im Sessel zu verharren. Die Hitze machte jede Bewegung zunichte. Da half nur eines, sich ins Bett zu legen und den Abend abzuwarten. Durch die geschossenen Fensterläden hörte er im Halbschlaf, wie sich vor dem Haus Personen unterhielten.

„Wo ist Rizzo?"

„Weiss ich nicht. Vielleicht trägt er Gemüse aus, hast du ihn seither gesehen?"

„Seit den Bergen nicht. Seid ihr bei der Beerdigung gewesen?"

„Wo denkst du hin. Zuerst erschiessen und dann an der Beerdigung teilnehmen?"

„Luca weiss noch nichts, aber Carmine Levante ahnt etwas, weil es sein Auto war."

Salvatore wurde auf einmal hellhörig. Erzählten die von Angelo? Etwa wie er ums Leben kam? Er sprang aus dem Bett, stellte sich hinter die Gardinen damit er besser hören konnte, in dem Moment fuhr ein Lkw vorbei und er verstand nur Sprachfetzen.

„…Mimmo ist auch tot, sie haben ihn aus dem Meer gefischt!"

„Um ein Muttersöhnchen wie ihn ist es nicht schade."

„In den Bergen hat er uns aber ganz schön

geholfen, wir wussten nicht einmal, wer in dem Auto sass. Ohne Mimmo wäre alles nicht möglich gewesen."

„Machst du jetzt auch noch einen Märtyrer aus ihm?"

„Irgendwie schon."

Salvatore riss die Läden auf und erkannte die Zwei, die sich aufgeregt unterhielten. Als sie Salvatore sahen, stoben sie auseinander, jeder in eine andere Richtung.

Er war perplex. Sollte er es Teresa sagen, dass ihr Sohn ein brutaler Mörder gewesen war und Angelo auf dem Gewissen hatte? Musste er so grausam sein und einer Mutter das Herz aus dem Leibe reissen? Salvatore kam zum Schluss, dass er vorläufig gar nichts sagen würde, auch nicht dem Polizisten, sollten sie doch selber schauen wie sie zurechtkamen. Er kämpfte sich wieder ins Bett, zerwühlte Kissen und Decke, fand jedoch den Schlaf nicht mehr. Eine trübe Erinnerung raubte ihm die Illusionen. Er, der immer alles im Griff gehabt hatte, fühlte jetzt gar nichts mehr.

Am Abend rief Teresa zum Essen, legte ihm seine Angelrute zurecht und kam nach zweimaligem Rufen zu ihm ins Zimmer. Dösig und abwesend lag er auf seinem Bett, die Augen weit aufgesperrt an die Decke starrend, hatte er sie nicht kommen hören.

„Was ist mit dir, bist du krank oder hast du mich nicht rufen hören?"

„Mimmo ist tot, Angelo auch…"

„Du erzählst mir nichts Neues, es ist, als ob es gestern gewesen wäre."

„Aber Mimmo wäre für unseren Ruhestand zuständig gewesen, hast du dir das auch überlegt? Jetzt haben wir keinen mehr, der uns im Alter betreut."

„Was ist denn mit Pietro und Maria?"

„Sie sind zu jung, um Verantwortung zu übernehmen."

„Sagst du! Sie sind sehr wohl im Stande, Verantwortung für ihre Eltern zu übernehmen."

„Und meine Schwester Marcelina? Wer weiss, wie alt die noch wird."

„Das dürfte nicht dein Problem sein. Marcelina ist selbständig und braucht dich nicht. Komm jetzt zum Essen."

Salvatore wälzte sich aus dem Bett und machte sich auf den Weg zur Küche. Marcelina sass schon am Tisch und schlug sich den Magen voll.

„Kannst du nicht auf Teresa und mich warten? Musst du immer vorher anfangen?" Er rückte einen Stuhl zurecht, setzte sich an den reichlich gedeckten Tisch, schaute seine Schwester böse an, bis Teresa unter dem Türbogen auftauchte.

„Salvatore hat immer etwas an mir herumzumeckern. Einmal ist das nicht richtig, ein anderes Mal jenes. Ich möchte die Zeit noch erleben, wo er nichts mehr an mir auszusetzen hat."

„Er liebt dich halt, darum hat er ständig etwas an dir auszusetzen." Teresa machte sich an das Essen, bevor die Stimmung ganz kippte.

„Wo sind die Kinder?"

Eine Frage, die banal von ihm in die Runde geworfen und von Teresa beantwortet werden musste. Doch auch Teresa hatte ihre abgerungenen Geheimnisse und konnte sie dem Patriarchen nicht erzählen. Sie musste schweigen, um den häuslichen Frieden zu bewahren.

„Pietro ist beim Fussball und Maria bei einer Freundin."

„Warum sind sie nicht zu Hause zur Essenszeit?"

„Das weiss ich nicht!"

Teresa konnte doch unmöglich sagen, dass sich Pietro mit Freunden herumtrieb und Maria sich mit ihrem Freund traf. Marcelina hatte ihr Mahl beendet und fragte nach Maria.

„Ist sie immer noch mit ihrem Freund zusammen? Weisst du der, der sie zum Tanzen ausführt?"

Salvatore verschluckte sich an einem Stück Brot, schaute zuerst auf seine Schwester und dann auf Teresa.

„Maria, hat einen Freund? Davon weiss ich ja gar nichts. Würde mich bitte jemand freundlicherweise aufklären?"

„Was, du kennst ihn nicht? Aber er war schon des Öfteren hier und hat Maria abgeholt." Marcelina war in ihrem Element.

„Trotzdem, ich weiss von nichts."

Teresa liess ihren Kopf hängen. Die grauen Strähnen hingen ihr ins Gesicht, sie wollte die Aussage noch stoppen, doch nun gehörten all ihre süssen Geheimnisse mit einem Schlag der Vergangenheit an. Tante Marcelina hatte alles ausgeplaudert, es gab nur eines, den Gang nach vorne. Der Haussegen bei den Grimaldis hing ganz gewaltig schief.

Pietro schaute aufs Meer hinaus, zählte die Schiffe, die vor seinem Horizont auftauchten und die Spuren der vorauseilenden Tanker nach Palermo suchten. Seine Freunde heckten derweil eine neue Schandtat aus, sie wollten dem allseits verhassten Carmine Levante einen Denkzettel verpassen.

Der sass vor der Steuererklärung, in seinem Wohnzimmer und brütete darüber, wie er Cosmos Träume umgehen konnte. Er manipulierte Zahlen, jonglierte mit ihnen wie ein Artist im Zirkus und kam auf den Nenner, dass er der Gemeinde nichts schuldig war, oder vielleicht nur einen winzigen Teil.

Er erschrak nur kurz, als das Fenster zerbrach und ein Stein, eingewickelt in ein Papier, auf dem eine Drohung notiert war, vor seine Füsse kullerte. Er wäre nicht Carmine Levante, wenn ihn so etwas bei seiner Arbeit gestört hätte, es war ja nicht das erste Mal, dass so etwas geschah. Das Glas würde die Versicherung bezahlen und die Drohung tat er als gegeben ab.

Sie hatten eine diebische Freude daran, Levante das Fenster einzuwerfen, über die Mauer zu sehen, wie er sich bückte, um den Stein aufzuheben, ihn dann von dem Papier befreite und die Drohung las. Es amüsierte sie den ganzen Tag und der Name allein genügte für einen Lacher. Pietro fand keine Komik darin und verabschiedete sich alsbald von seinen Kumpels.

Zuhause angekommen, hängte er seine Kappe an die Garderobe und wunderte sich, obwohl es draussen so warm war, über die Eiseskälte, die in der Wohnung herrschte. Tante Marcelina kam aus ihrem Zimmer, schlurfte den Gang entlang, ignorierte Pietro völlig und verschwand im Bad. Teresa sah er als erstes von den beiden Elternteilen.

„Hab ich etwas verpasst?", fragte er seine Mutter.

„Wo kommst du denn her? Sind deine Freunde schon nach Hause gegangen?"

„Nein, ich glaube nicht."

„Setz dich! Willst du etwas essen?"

„Nein, ich habe keinen Hunger."

„Sag mir, was hast du wieder angestellt? Du bist früher zu Hause als sonst. Weisst nicht, wo deine Freunde sind, also was ist passiert?"

„Nichts, was soll denn schon geschehen sein?"

„Pietro, ich kenne dich. Du weichst mir aus. Oder soll ich deine Freunde fragen?"

„Na gut. Wir haben bei Levante eine Scheibe eingeschmissen."

„Und weiter?"

„Nichts weiter. Na ja, vielleicht noch eine Drohung dazu geschrieben."

„Was soll ich bloss mit dir machen! Dein Vater hat schon recht, wenn er sagt, dass du keine Verantwortung übernehmen kannst und zu jung dafür bist. Aber eines kann ich dir sagen, du triffst deine sogenannten Freunde nicht mehr!"

Teresas Wut war echt und das Auftauchen von Tante Marcelina in der Küche konnte sie erst recht nicht besänftigen.

„Pietro, wie war dein Fußballspiel? Hast du ein Tor geschossen? Hast du getroffen?"

„Ja, auf eins mit Glas", antwortete Teresa anstelle ihres Sohnes.

„Hä? Seit wann gibt es Tore aus Glas?"

„Seit heute!"

Maria kam zur Haustüre herein, stürzte in ihr Zimmer und schlug die Tür hinter sich zu. Marcelina wollte hinterher, doch Teresa hielt sie zurück.

„Lass mich das machen!"

Gerade als Teresa die Türe hinter sich schloss, kam Salvatore aus dem Zimmer.

„Was ist das für ein Krach...? Ach, Pietro, da bist du ja. Mimmo konnte so gut Fussball spielen. Wie war dein Spiel?"

„Hast du gewusst, dass es gläserne Tore gibt?", mischte sich Marcelina in das Gespräch.

Maria lag währenddessen auf dem Bett und weinte fürchterlich. Aus der Traum von einer Hochzeit im Hause Grimaldi?

Teresa versuchte, sie zu trösten, gab all ihre Ansichten über Männer wieder, verlor sich in Belanglosigkeiten und verhedderte sich in der Sprache der Jugend. In Gedanken war sie ganz woanders, suchte einen Kompromiss mit Salvatores Streitigkeiten, hatte Angst vor

Marcelinas Aussagen und fand sich wieder in gesuchter Zärtlichkeit. Sie erinnerte sich an den Ausspruch ihrer Mutter, dass Männer auch nur Menschen wären und gab ihn an Maria weiter.

Teresa kam aus dem Zimmer von Maria, hörte aus der Küche den verheerenden Disput zwischen Salvatore und Marcelina, machte auf dem Absatz kehrt und ging in ein anderes Zimmer.

Ein Vollmond, der gross und mächtig aus dem Meer entstieg, sich in einer pittoresken Landschaft niederliess, den Schatten auf Häuser und Schiffe projizierte und den Menschen schlaflose Nächte bereitete. Der mentale Schmerz, den er auslöste, fand sich im Wälzen der Körper in den Laken wieder. Eine Vollmondnacht die prädestiniert war, Mädchen zu verführen, um sie am anderen Tag nicht mehr zu kennen. Die Friedhofsmauer, das Quietschen der Tore, das Aussuchen des Grabhäuschens, all das fand in einem Ritus der Vollendung statt, wenn die Angebetete sich an ein Grab anlehnte.

Rizzo hatte zu Hause eine Flasche Wermut abgestaubt und flösste einem weiblichen Wesen, das er kaum kannte, den Alkohol in kleinen Dosierungen in den Mund. Eine Zigarette, lässig im Mundwinkel, die Luft einziehend, zischend zwischen den Zähnen, machte er auf Bogart.

„Liebst du mich wirklich?"

„Na, klaro! Was glaubst du denn?"

„Würdest du mich heiraten, wenn die Sache hier schiefgeht?"

„Nichts lieber als das."

Er sog an seinem Glimmstängel, stiess den Rauch zwischen den Zähnen aus, nahm einen tiefen Schluck aus der Flasche, schob das Päckchen mit dem Tabak unter seinen Ärmel am Shirt und bereitete sich vor, dem Mädchen die Unschuld zu rauben. Ein Ritual, das bei jedem Vollmond zelebriert wurde, nur dass das Gesicht des Mädchens jedes Mal ein anderes war. Rizzo hatte nie vor, nur einem Mädchen zu frönen, es ging ihm lediglich um die Lust. Hatte er sein Empfinden befriedigt, schaute er sich nach einem neuen Ziel um.

Boote, die im Wasser dümpelten, schaukelten bei jedem Wellengang, um die eigene Kette, verliessen den Hafen nur zum Fischfang, wurden bei einer Mondnacht zur Liebeslaube degradiert. Die einen sassen darin, die anderen lagen darin und immer drehte sich der Dialog um dasselbe Thema: Liebe!

Touristen, die nur zögerlich kamen, den

übelriechenden Ort, es stank nach Fisch und Meer, nur als Busreisende besuchten, fanden die Kirche und die Gelateria sehenswert, bevor sie wieder abreisten. Denen, die Station machten, sich in einem kleinen Hotel am Meer vergnügten, blieben die zu entdeckenden Schätze von Lavana.

Ein Umstand, den auch Rizzo Cappoli mitbekam. Er lehnte sich an den Gemüsestand, beobachtete die Touristen, wie sie vorbeischlenderten und schaute, wo sie ihre Geldbörse versteckt hielten. Durchreisende verlangten Abwechslung in ihrem Ferienerlebnis und die konnte ihnen Rizzo bieten. Der besondere Gast hatte zu Hause etwas zu erzählen.

Eine dicke Börse, mit heraushängenden Geldscheinen, die nur lose im Hemd eines Fremden steckte, hatte die Aufmerksamkeit von Rizzo geweckt. Er schlenderte hinter ihm her, begutachtete mit ihm die Stände, kam dem Besitz der Begierde immer näher und durch einen geschickten Griff wechselten die Geldscheine den Besitzer, ohne dass es bemerkt wurde. Dann zog Rizzo sich an den Gemüsestand zurück, als wäre nichts gewesen.

Die Zählung des Geldes ergab, dass sein kleiner Ausflug sich gelohnt hatte und für heute der Verkauf von Grünzeug, den Diebstahl nicht wettmachen konnte.

Väter bekamen immer als Letzte mit, wenn sich ihre Söhne einen Umstand zu Nutze machten und fielen aus allen Wolken, wenn man sie einer Untat beschuldigte. Als Polizist Luca den Laden stürmte und Rizzo auf den Posten mitnahm, fiel Pipo nichts anderes ein, als das halbe Dorf darüber zu informieren, wie unfair die Polizei handelte.

Aldo Vazonetti sprach mit dem Pater in der Beichte, erzählte ihm alles haarklein, vom Ausflug in die Berge, jedes Detail schmückte er aus, nannte die Namen der Beteiligten und hinterliess einen Gottesmann mit seinem Beichtgeheimnis. Pater Alfonso fragte sich, ob bei Mord das Geheimnis der Beichte auch gelte oder sollte er Luca einen Tipp geben. Der Gang über die Piazza auf das Polizeirevier fiel ihm schwer.

Zwanglos wollte er Informationen über den Stand der Dinge, fragte Luca scheinheilig über den Toten vom Berg aus.

„Wie ist es, bist du schon weiter mit dem Überfall?"

„Das haben die in Palermo übernommen. Mit der Sache hab ich nichts mehr zu tun."

„Die Commissari aus Palermo würden dich

doch auf dem Laufenden halten, oder?"

„Wenn sich etwas Neues ergibt… vielleicht."

„Vielleicht, sagst du? Was ist, wenn du Ergebnisse lieferst die sie noch nicht kennen?"

„Dann steig ich eine Stufe auf und werde nach Palermo versetzt. Aber sag einmal, was interessiert einen Schwarzfrack wie dich die Geschichte, hast du etwas, das du loswerden willst?"

„Nein, nein nur so. Ich dachte, ich frag mal. Es könnte ja sein…"

„Na los, mach deinem Herzen Luft und erzähl mir, was in deinem Gehirn alles herumspukt."

„Kann ich nicht. Du weisst um mein Beichtgeheimnis. Ich darf dir nicht einmal einen Mörder, den ich kenne, verraten, geschweige denn die Mörder."

„Du darfst mir also nicht sagen, was du in deinem Kabäuschen hörst? Dann verrate mir, warum du hergekommen bist und warum dich der Vorfall in den Bergen so interessiert?"

„Angelo war der Bruder von Salvatore und der Schwager von Teresa…"

„Das weiss ich."

„Was du nicht erahnen kannst und in deinen kühnsten Träumen niemals erraten wirst, ist nun geschehen. Keine Mafia hat ihn ermordet und keine Camorra, es war jemand aus dem Dorf. Mehr kann ich dir nicht sagen."

„Nur eins noch! War er oder waren die jung oder alt?"

„Jung, sehr jung."

Damit verliess er das Revier, mehr konnte er nicht tun. Bei Luca begannen die Hirnzellen zu rotieren. Er war kein gläubiger Mensch, sah sich nicht am Sonntag in einer Kirche und als Polizist stand er alleine für Gesetz und Ordnung. Was ihm der Priester mitgeteilt hatte, liess das Dorf in einem ganz anderen Licht erscheinen.

Es erschien ihm alles zu vertraut, die täglichen Spaziergänge, den Schwatz auf der Gemeindebank mit anderen Einwohnern, das Lästern über andere Fischer, die ihre Arbeit nicht richtig machten und den abartigen Streit zu Hause. Eine Frau, die ihn hinterging, die Schwester, die ihr Zimmer nicht räumen wollte, eine Jugend auf die kein Verlass war. Salvatore sass in seinem Sessel und brütete vor sich hin, als Pietro in das Zimmer stürmte.

„Mimmo ist ein Mörder."

„Was erzählst du da, bist du verrückt geworden?"

„Aldo, Rizzo und Mimmo haben Onkel Angelo umgebracht!"

„Auf so eine irre Geschichte musst du erst einmal kommen."

„Luca hat gerade Aldo in Handschellen abgeholt, Rizzo ist wegen einer anderen Sache schon im Gefängnis, naja und Mimmo ist tot."

Salvatore war wie vor den Kopf gestossen, obwohl er die Geschichte bereits kannte, sie jedoch bisher erfolgreich aus seinem Bewusstsein verbannt hatte.

„Das kann nun wirklich nicht sein! Mimmo wurde auf dem Meer gefunden, in einem Boot und nicht in den Bergen", versuchte er seiner Verdrängung Raum zu geben. „Er kann nicht an zwei Orten gleichzeitig gewesen sein. Du bist einem Schwindel auferlegen."

„Frag doch Luca, der wird dir das Gleiche erzählen."

„Was glaubst du, werde ich tun?"

Die Schuhe, die er sich vorher ausgezogen hatte, um im Sessel Platz zu nehmen, zog er wieder an und marschierte auf der Piazza Communale dem Polizeirevier entgegen. Durch das Fenster sah er Luca am Bürotisch, seine Amtsgeschäfte erledigen.

„Luca, was ist da los? Pietro kommt nach Hause und erzählt mir irgendwelche Räubergeschichten!

Luca hatte die Amtsmiene aufgesetzt, hantierte mit Zetteln, sprach ins Telefon und liess

Salvatore am Tresen warten.

„Luca…?"

„Ich stelle mir das folgendermassen vor." Er kam um den Bürotisch herum, auf Salvatore zu. „An einem heissen Tag in die Berge zu fahren, ist sicher nicht das Dümmste, nur, dass Angelo das Auto von Carmine Levante genommen hatte, bedeutete für ihn den Tod. Mimmo, Rizzo und Aldo warteten auf ihn, durchsiebten das Auto mit Schrot und sahen erst danach, dass sie den Falschen getroffen hatten. Ein Unglück mit fatalen Folgen. Aldo und Rizzo werden in Palermo verhört, Mimmo hat sich durch Selbstmord der Justiz entzogen."

„Das kann doch nicht sein…" Salvatore liess sich auf den Stuhl an der Wand fallen. „Was passiert mit ihnen?"

„Sie werden dem Richter vorgeführt, der spricht dann das Urteil."

Die Tragödie nahm ihren Lauf. Wie sollte er Teresa sagen, dass ihr geliebter Sohn ein Mörder war, sie für die Erziehung nicht verantwortlich gemacht werden konnte und, dass er im Grab neben seinem Opfer lag.

Der Gang nach Cannosa war vorprogrammiert. Er fragte sich, ob er Cosmo mit Verhaltensregeln konfrontieren sollte, liess es aber auf sich beruhen. Eine Stufe, eine Tür, schon stand er vor seiner Frau, die ihn auf das Sehnlichste erwartete.

Mit verweintem Gesicht, einer Schürze um den Leib gebunden, Hausschuhe an den Füssen, verletzlich in ihrer Gestalt, stand sie da und Salvatore nahm sie in den Arm. Er wiegte sie, sprach kein Wort und in der Schaukelei der Bewegung lag all der Schmerz, den sie beide fühlten.

Marcelina schlurfte den Gang entlang, sah die Beiden und meinte in einem sarkastischen Ton:

„Immer noch so verliebt, wie damals."

Wo war die Leichtigkeit einer *Mattanza*, wo lag der Sinn des Fischsterbens, wer waren die Kräfte, die ihn am Leben hielten, am Ende seines menschlichen Daseins? Alles Fragen, die er so nicht beantworten konnte.

Salvatore stand neben sich, schielte mit einem Auge auf das, was er geschaffen hatte, liess in Erinnerungen sein Leben Revue passieren und wusste auf einmal, für was er gelebt hatte.

Regenwolken zogen über Lavana hinweg, über Pfützen, die mit Benzin und Diesel vollgesogen waren, bis zum Hafen, der mit seinen schillernden Booten mausgrau dalag. Windböen zerrten an Hausdächern und Fensterläden, liessen den Tag zur Nacht werden und die Fischer in ihren Booten verharren. Ein aufgewühltes Meer, das Wellen über die Felsen spritzte, die Schaumkronen, die wie Waschpulver aussahen und mit jeder Welle, einen mit Sand und Dung überbordeten Strand hinterliessen. Lavana befand sich im Dämmerschlaf. Sorgenvolle Blicke der Bewohner auf den Ätna, der weisse Rauchwölkchen gegen den verhangenen Himmel schickte, versprach ihnen nichts Gutes.

Der Ausbruch, lange schon vorhergesagt, kam in der Nacht, liess Pflanzen und Reben verglühen und senkte sich als Asche auf Lavana nieder. Asche und Regen vermischten sich, bedeckten die Piazza Communale mit einem meterdicken Brei und verwandelten das Dorf in den Notzustand. All die Hilfe die aus Palermo war - Gutes Zureden.

Eine Woge der Hilfsbereitschaft kam aus der ganzen Welt, die Bewohner von Lavana hatten davon nichts.

Zeitfracht Medien GmbH
Ferdinand-Jühlke-Straße 7
99095 Erfurt, Deutschland
produktsicherheit@kolibri360.de